谨将此书献给 4·14 玉树大地震中那些
把温暖留给世界的人们！

冰雪高原
圣洁丰碑

天地之间
英雄情怀

留给世界的温暖

吉狄马加 题

中共青海省委宣传部 编

青海人民出版社

图书在版编目(CIP)数据

留给世界的温暖 / 中共青海省委宣传部编 . —西宁：
青海人民出版社，2013.3
ISBN 978-7-225-04533-7

Ⅰ.①留… Ⅱ.①青… Ⅲ.①纪实文学—中国—当代
Ⅳ. ①I25

中国版本图书馆 CIP 数据核字（2013）第 041142 号

留给世界的温暖

中共青海省委宣传部　编

出 版 人　樊原成
出版发行　青海人民出版社有限责任公司
　　　　　西宁市同仁路 10 号　邮编：810001　电话：(0971)6143426(总编室)
发行热线　(0971)6143516/6137731
印　　刷　青海日报社印刷厂
经　　销　新华书店
开　　本　787mm × 1092mm　1/16
印　　张　8.75
字　　数　100 千
版　　次　2013 年 3 月第 1 版　2013 年 3 月第 1 次印刷
印　　数　1-5 000 册
书　　号　ISBN　978-7-225-04533-7
定　　价　38.00 元

让前行者有力 让踯躅者昂首（代序）

中共青海省委常委、宣传部长　吉狄马加

隆冬玉树，圣洁如诗。天地之间，英雄绽放。

玉树。两年多来，无数次地写下这两个字，有太多的意念缠绕在心间。从那片最奔放的土地上，最圣洁的雪山下，最自由的心灵中，传递给我那么多感动、感喟、感念。

才仁松保、韩慧瑛……其实，他们早已远行了。每天，呼吸着他们曾经的呼吸，忙碌着他们曾经的忙碌，奔行着他们的轨迹，传达着他们的声音，我们觉得，他们还在！是的，生命远行，英雄不朽。

英雄是个大字眼。神话中的英雄们拥有移山填海的力量，高高在上，为众人仰慕。然而，从荷马史诗里英雄惊天动地创造历史的时代，到如今人民群众创造历史的时代，英雄的本质趋向了平易近人。英雄不再是高高在上、不食烟火的道德偶像，而是处在我们身边同样有着喜怒哀乐的生活实践者。

才仁松保、韩慧瑛，他们都是医生，天然地承载着救助生命、解除病痛的职责。他们感动我们的是无私与忘我。在他们心中，救人重于救己，责任重于生命。他们的同事和朋友这样评价他们：在大灾大难面前，他们树立了党的形象，是党的最生活化的代表，给了我们精神！的确，在病痛威胁到自我生命的时候，他们依然坚守信念：我是党员，我是医生，我是施救者。这种信念已经不能简单地用责任感去解释，这是人性中至善至美的光芒。

英雄就在我们身边！在玉树，有无数的英雄的名字被传诵着；也有无数我们不知道名字的英雄在坚守岗位、释放善行、点燃爱心。他们的不屈、坚持、互助与友爱，让曾经疏离的人心贴得更近。

有人说，今天的社会是解构的时代，是恶搞的世界。但我坚信，黑与白总是不能被颠倒。人类从丛林进化到社会的重要标志之一，便是摒弃了恃强凌弱、一切服从利己自私本能的丛林法则，而在群体生活中建立起互助友爱的公共道德。历经千万年来的集体无意识沉淀，这种在“善”的总标题下铺陈开来的有关友爱互助、见义勇为的篇章，早已超越了民族与国家的界限，成为人类社会共同的心理基石。

生活是一个“提问者”，每一个身临其境的人都不得不成为它的“回答者”。关于是非与善恶，关于生存与死亡，关于价值与意义，关于过往与将来……生活无所不问，时时刻刻将人们置于选择的境地。在这样的境地中，有些人不辨良莠，自甘沉沦；有些人心若死水，冷漠无情；而有些人则勇往直前，成为楷模。英雄是这样的楷模，他不仅为自己的人生选定意义，也给他人的社会行为提供道德标准。英雄替我们冲破了一切自私自利的偏见和束缚。在他们身上，可以发现那些为人所爱而又被社会乱象所遮蔽的人格魅力、道德品质和精神价值。

真正的英雄使我们自然而然靠近他们，因为人性的光芒是那样的温暖而无可阻挡！我们以为自己饱经沧桑，心如枯井，可是一个温暖的片段，一句真实的话语，仍可能让我们泪流满面。真正的英雄就像光芒，让我们温暖、彼此靠近。我想起了冰心在许多年前说过的一句话：“你的心并不是粗砺荒漠的一片，那光明的一隅，会永远充满了温情地留给世上无助的弱者。”这样的共识乃是英雄存在的真正意义。

一个国家必须有经济洼地，便于人们谋生逐利；

一个民族也必须有精神高地，便于人们登高眺望。

在这样的传承中，我们写满了光荣。我们有“为天地立心，为生民立命”的豪迈，我们有“老吾老以及人之老，幼吾幼以及人之幼”的温情，我们有“毫不利己专门利人”的精神，我们有“群众的利益高于一切”的主张，我们更有“这样的大灾面前，我身为院长怎么能后退”的声音！

我们感动自己，感念英雄，于是我们自觉地校验我们的行为；

我们感动自己，感念英雄，是因为时代和民族需要英雄，伟大的事业需要英雄。

我们都有英雄的情结，我们都走在英雄走过的路上，也许会灰心，也许会踯躅，但人类的善念会激励我们，伟大的民族的传承会指引我们，为共同的事业去奋斗去牺牲，这是无与伦比的光荣。所以我们说，才仁松保走了，韩慧瑛走了，但他们绝不是孤独的远行者！

目录 CONTENTS

爱是不能忘记的

——追记韩慧瑛的壮美人生

唐钰

韩慧瑛同志

2010年初春，青海省玉树藏族自治州的扎西科草原尚不见一丝绿意。原本身体不适的玉树州医院院长韩慧瑛专程来到西宁，打算到青海省人民医院复查一下自己的病情。没料到刚进家门，丈夫索南才仁突然告诉她，父亲韩玉德住进了医院准备手术。“家里出了这么大的事，怎么不事先告诉我一声呢?”韩慧瑛来不及数落丈夫，便匆匆忙忙直奔青海省人民医院。

躺在病床上的父亲韩玉德一见女儿风尘仆仆地赶来，甚是吃惊。老人便责怪起女婿索南才仁：“你看你看，叫你不要说，你偏不听话，还是让她知道了。”韩慧瑛听到父亲充满爱意的话语禁不住潸然泪下，便温情地拉着父亲粗糙的大手说：“阿爸，你就不要责怪索南才仁了。你做手术，我怎么能不来呢，你是不是想把女儿急死啊!”说完这番话，韩慧瑛打来一盆热水，细心地给慈爱的父亲洗起脚来。

这是一个和谐的家庭。相互关爱、体谅成了一种门风。每

韩慧瑛同志幸福的家庭

韩慧瑛参加职工运动会，并为选手加油鼓劲

每想起这一点，韩慧瑛顿感家的温暖，她太爱自己的家人了。不管是婆家的还是娘家的亲人，他们知道韩慧瑛是州医院的院长，工作繁忙，所以双方家里都不肯把一般的琐碎之事告诉韩慧瑛。可家里所有的事都很难逃过韩慧瑛的眼睛。韩慧瑛细腻的情感和对家庭强烈的责任感，也让每一位亲人由感动上升到敬重。是啊，家里有一个像韩慧瑛这样能干利索的顶梁柱，可谓是家庭的幸运。只要她一来，所有的烦恼就会立刻烟消云散。

韩慧瑛是一个孝顺的女儿，成家后，一直跟父母亲过。结婚后的二十多年里，她用火热的爱，精心地呵护着这个亲情家园。每次只要走进家里，她总要为父母洗脚做饭。有时，母亲总劝她："你都当院长了，还给我们洗脚，叫人看见了是很不体面的。"而这时，韩慧瑛总是俏皮地对母亲说："即便当再大的官，我永远也是你们的女儿呀！"对于女儿的一片苦心，母亲才仁永措是看在眼里，疼在心上。韩慧瑛是个感情特别细腻的人，在这个家里，只要她一进来，就知道父母的情感需求和物质需要。比如母亲的内衣是否该换了，父亲的脚指甲是否该剪了，厨房里的洗洁精是否用完了，等等，她都一清二楚，所以她每次出差回来，总会给父母一个惊喜。在平常的日子里，韩慧瑛一旦发现父母有个头痛脑热，她就亲自诊疗护理，格外体贴，还不厌其烦地给老人们讲解养生保健常识。在韩慧瑛看来，孝心就是父母健康长寿最好的灵丹妙药。

韩慧瑛的脸上始终挂着灿烂的笑容，仿佛她的精神世界里永远没有烦恼和痛苦这两个名词，给家人报喜不报忧成了她多年的习惯。

一连几天，韩慧瑛为父亲手术的事在医院忙前忙后，这让丈夫索南才仁心疼不已。他怕妻子累坏了身体，多次劝她注意身

迎接专家组

体，结果遭到了妻子的斥责：“都到什么时候了，还有这么多废话，你烦人不烦人！”索南才仁拗不过妻子，也就只好随她了。

父亲韩玉德的手术非常成功，这让韩慧瑛长长松了一口气。每天，她为父亲喂水端尿、熬粥洗脚、悉心照料，可谓是无微不至。韩玉德也为自己养育出了如此知书达理、心地善良的优秀女儿而心生欢喜。但他却不知道，此时爱女韩慧瑛正在忍受着病痛的煎熬。这也不怪老人，因为出现在他面前的韩慧瑛始终是那样自信、快乐和坚强。

就在这时，韩慧瑛向父母编造了一个善意的谎言，她说，此次下西宁，还有几件要紧的公事要去办理。父母赶紧催促她说：“快去忙你的正事，公家的事不敢耽搁。”善良的父母哪里知道，前脚离开病房的女儿，后脚就走进了省医院的门诊治疗室开始输

液。索南才仁有几次前来探望时，韩慧瑛假装生气地告诉他：“你若真关心我的话，就乖乖地守在老人身边。你这样动不动过来，会让父母心生猜忌的。要是他们看出了破绽，我一定不会原谅你的。”这也是韩慧瑛让索南才仁一直坚守的一个秘密。她也知道，如果她的病情让父母发觉了，不仅解决不了任何问题，而且还会给老人们徒增无谓的惆怅与负担。让家人为自己牵肠挂肚，那是韩慧瑛最不情愿看到的事。

才输了两天液，丈夫索南才仁又来告诉她，岳母的胆结石症又发作了。韩慧瑛顾不上自己的病情，再次回到父母亲身边。看到母亲痛苦难忍的表情，泪水从她脸上刷刷落下。父母就是她心中的泰山呀！韩慧瑛岂敢怠慢，一面联系省医院的大夫，一面又给母亲捶背安抚。还没有把母亲看病的事安排妥当，一声“惊天霹雳”险些把韩慧瑛击倒。听到玉树发生特大地震，结古镇化为一片废墟的消息后，在病房的韩慧瑛一家人顿时陷入痛苦之中。母亲老泪纵横地说道：“老天爷啊，你怎么偏偏把这么大的灾难给了玉树！你怎么不可怜那些善良的人们……”正当韩慧瑛无所适从的时候，父亲韩玉德拍着她的肩膀说：“巴桑卓玛（韩慧瑛的小名），天快塌了，你还愣着干什么，赶紧回玉树吧！”韩慧瑛这才反应过来，先给司机扎西打了电话，让他速买三张飞机票，然后又紧急通知正在西宁出差的副院长牛旭原，一起到省医院集合赶赴玉树。

在西宁的这十几个日日夜夜，晚上，韩慧瑛住在医院的折叠床上守护父母；白天，往返奔波于各个部门之间，为玉树州人民医院争取项目。

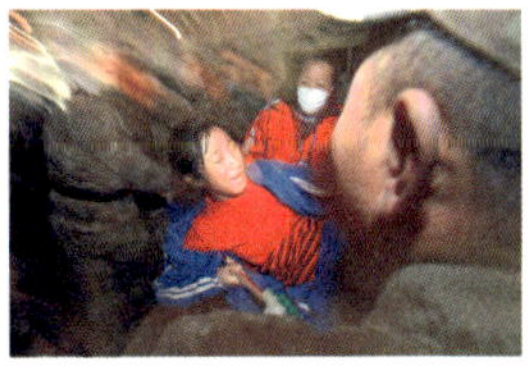

爱的召唤

这是2010年4月14日上午9点，司机扎西气喘吁吁地跑来说："院长，飞机票买不上，怎么办?""那就开车马上出发!"韩慧瑛来不及收拾行李，就踏上了直奔玉树的征程。

那天上午，韩慧瑛的心情极为烦躁。归心似箭的她上车后不停地打电话，但一个也打不通。她不停地叹气，又不停地拨着电话。她在反复地问同车的人，医院的职工到底怎么样了，有没有伤亡?结古镇的群众伤亡大不大?同行的副院长牛旭原因为无法回答她的问题，只好假装镇定地安慰道："伤亡肯定会有的，但绝对不会像汶川地震那样残酷，毕竟玉树县的人口稀少。"

从西宁到玉树的国道比起往常明显有些拥堵，韩慧瑛恨不得自己

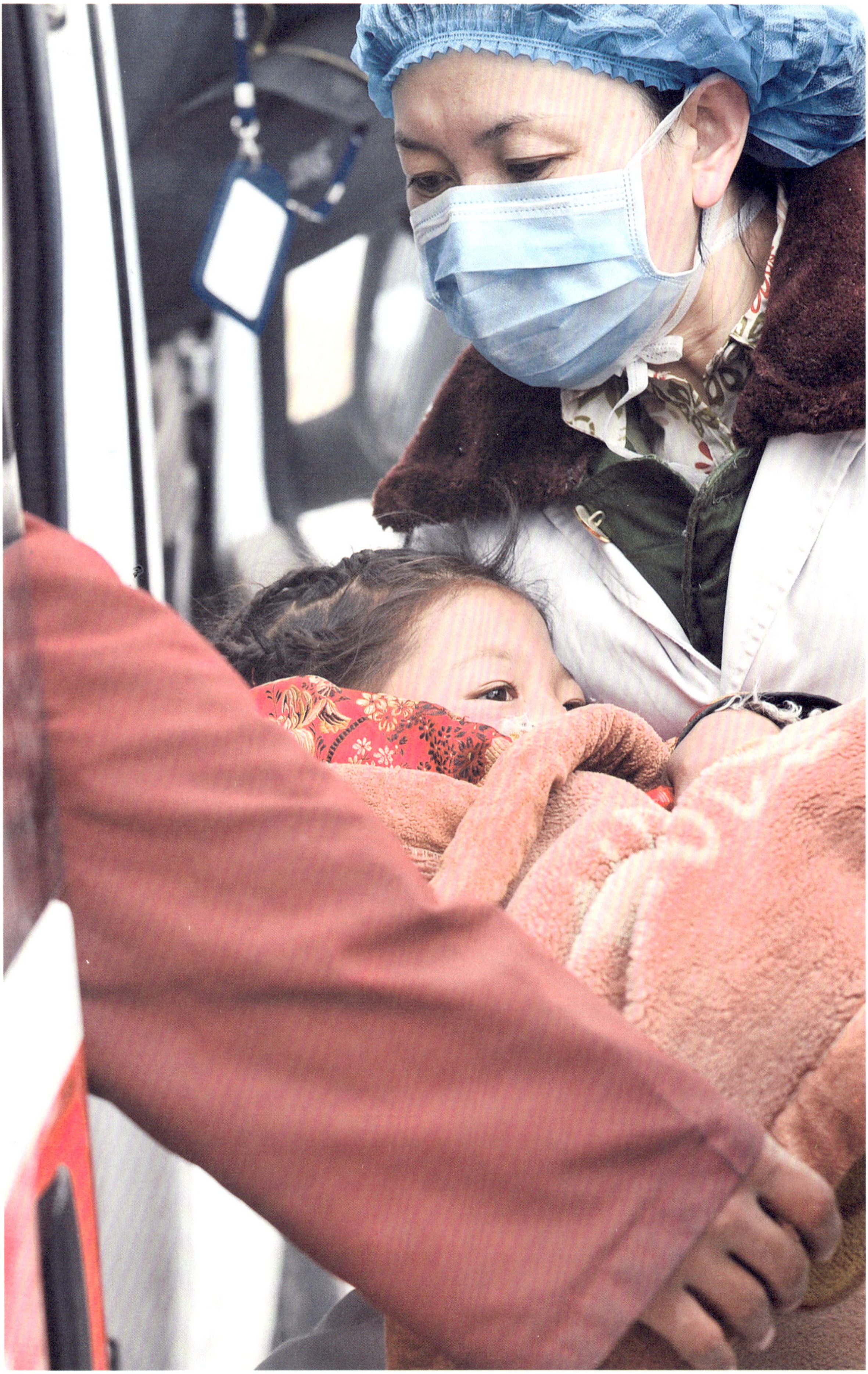

插上翅膀立刻飞到玉树。于是，她时不时地督促司机扎西加快速度。车轮飞奔。当汽车越过日月山时，韩慧瑛终于拨通了副院长严进才的电话。当她得知州医院职工和财产伤亡不大时，才稍稍松了一口气，而当她得知玉树县群众遭受了空前的灾难后，愁云立刻锁住了她的眉头。

这一路，韩慧瑛一直在拨打电话，她多么渴望知道在玉树发生的一切。为此，她换了两块电池，直到后来把自己的卡装到了司机扎西和副院长牛旭原的手机里还不肯罢休。可是，那天玉树的电信和移动信号不畅通，真是急死人。韩慧瑛一路望眼欲穿地期盼着从玉树方向驶来的车辆。

当车到花石峡，副院长牛旭原和司机扎西急忙去置办一些方

便食品，而身心疲惫的韩慧瑛这才想起了吃药。她下车后，试图通过当地人了解一下玉树的真实情况，可她的努力是徒劳的。这里的人信息更加闭塞。她有些沮丧地回到了车里。此时，当年汶川地震的电视画面在她脑海里旋转起来。

汽车飞速行进在去往玉树的路上。可能是车速过快的原因，韩慧瑛一路晕车，脸色苍白，时而还有恶心呕吐的迹象。扎西请示，是否停下来稍作休整，但韩慧瑛摆手示意：继续全速前进。

“扎西，快停车！”随着韩慧瑛的一阵疾呼，同行的副院长牛旭原抬眼一看，原来前方不远处驶来了一辆皮卡车。车窗口清晰地看到一个绷着白纱部的脑袋在晃动。出于职业的敏感，韩慧瑛一眼断定，车上运送的是灾区受伤的病人。

皮卡车上的人一见韩慧瑛，就像看到了救星，年轻的司机跪地请求相助。韩慧瑛连忙扶起，上前询问病人的伤情和家里的伤亡情况。车上的一位老太太看见有人过来，顿时大哭起来。韩慧瑛一面安抚老奶奶，一面细细查看车上两位老人的伤情，并急切地探问玉树的现状。一阵望闻问切之后，韩慧瑛发现那位藏族老大爷的胳膊已骨折，而藏族老奶奶的内脏则受到重创，若不及时治疗，随时都会有生命危险。治病救人是医生的天职啊！这时，韩慧瑛灵机一动冲着司机大喊："扎西，快把我们的车腾出来，让两位老人赶紧去西宁！"扎西愣住了，让几个老百姓坐着院长的车去西宁，这也太不现实了吧？而且让院长坐着他们的皮卡车回玉树也太不安全了。正

救
援

当他迷惑不解地望着韩慧瑛的脸在发呆时，韩慧瑛便招呼副院长牛旭原过来抬病人上车。看到这种情形，扎西也不敢马虎，赶紧前来帮忙。皮卡车司机万万没想到，在这个人烟稀少的地方，还有这么一些热心肠的人，居然慷慨地把自己心爱的“坐骑”拿出来让给他们，他扑腾一声跪下，施以大礼以表谢意。韩慧瑛急眼了：“都到什么时候了，还不快走！”

扎西小心翼翼地开着那辆车况差强人意的皮卡车继续赶路。上车后的韩慧瑛默不做声，致使车内气氛显得有些凝重。直至到了新寨村时，尽管夜幕已经降临，但韩慧瑛还是摇下玻璃窗向四处张望。后来她拨通了一个电话，告诉扎西直奔州医院。

眼前的景象，让韩慧瑛他们惊呆了：州医院的走廊里摆放着数百具遇难者的遗体，整个大院里说话声、小孩的哭叫声交织在一起，嘈嘈杂杂。一些无家可归的群众三五成群而又杂乱无章地席地而坐，昏暗的灯光掩盖了人们脸上的悲哀。“韩院长来了！韩院长来了！”随着一阵喊叫声，已经奋战了一天的在场的医院职工一下子拥到韩慧瑛的周围，一些群众也跑了过来。此时的韩慧瑛不知道在这种场合应该说些什么话好，她用一种关爱的目光环视着每一个人。她这种充满深情而又满含敬意的目光，就是一种最亲切、最直接的问候。那些忙碌了一天的小护士们，一见“主心骨”到了，她们脆弱的心再也承载不了这场空前灾难的冲击。不知谁在这时带着哭腔突然大叫了一声：“韩院长！”这一下，悲情像决堤的洪水一般汹涌而来。韩慧瑛再也控制不住心中的悲伤，一把抱住了一个小护士。于是，大家伙儿不约而同地抱头痛哭。在这个时候，一切语言都显得苍白无力，唯有纵横的泪

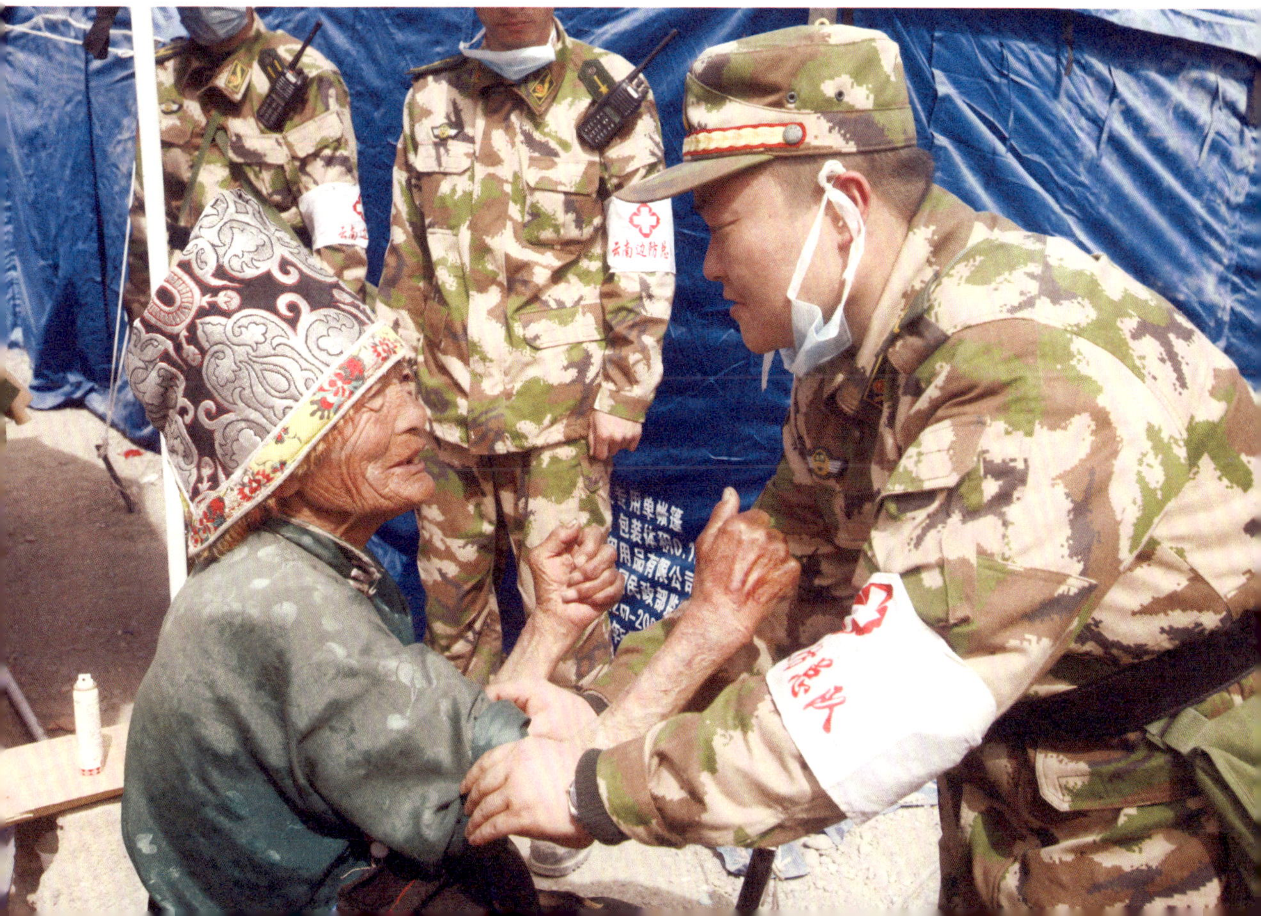

水才能表达所有的情感。她们用这种形式倾吐心声，相互安慰着、鼓励着。院内的群众也跟着低泣起来。

州医院的抗震救灾点分布在州医院大楼、体育场和赛马场。当晚韩慧瑛就奔赴到赛马场，进入到了紧张的工作当中。一些员工纷纷劝韩慧瑛回家看看或者去休息一下。可韩慧瑛摇摇头说：“这么多的群众在这里等待治疗，我回家还能睡得着吗?”

在救护车里，韩慧瑛一夜无眠。她叫来几个人，了解地震发生后的一些详细情况。

当天地震发生后，副院长严进才在家里有幸躲过一劫，7 点 55 分就到了州医院。当时住院大楼里一片混乱，一些病人家属都从楼道里逃命。严进才堵住值班大夫凯周，先问了医院的伤亡情况，然后组织现有员工把所有住院病人转移到门前空旷的树林里。害怕余震发生，严进才立即通知后勤值班人员拉闸停电，同时对整个大楼里的公共财产采取了保护措施，比如对财务室、药房等地进行了封

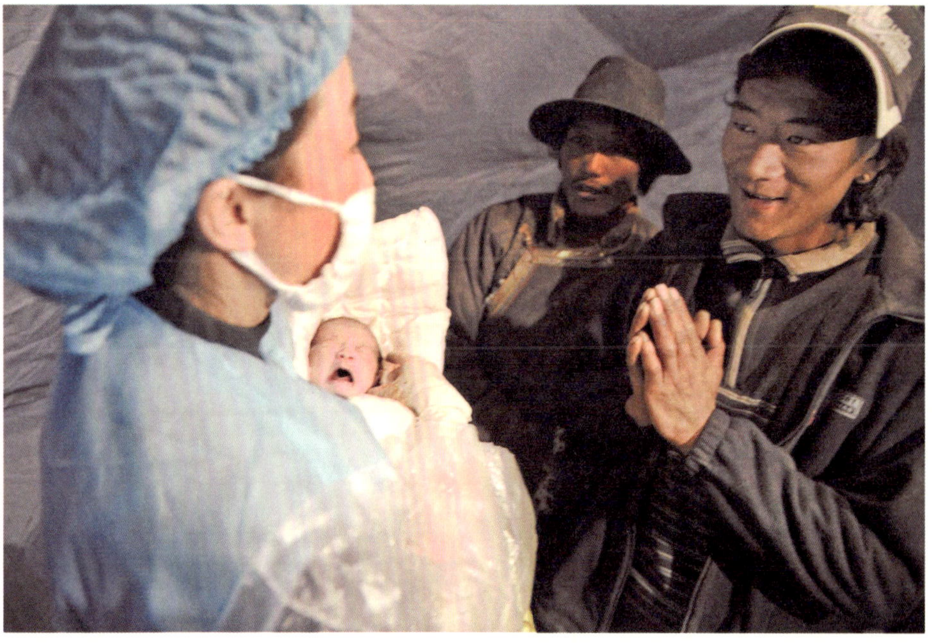

存。之后，他又爬上医院大楼，一层一层检查是否还有滞留的住院病人。当严进才从楼道里走出来的时候，当地受伤的群众已经如潮涌般汇聚到州医院里。由于当时手机没有信号，严进才无法有效地调遣医务人员。不过，住在家属院的大夫、护士已经陆续赶到。急救工作刚刚拉开序幕，正在这时，不知道谁在院中大喊了一声："乡亲们快跑啊，禅古电站垮坝了！"顿时，整个大院乱作一团。严进才立刻站在倒塌的围墙之上疾呼："乡亲们，洪水下来也淹不了州医院这么高的地方，请大家保持冷静啊！"这一喊，总算稳住了四处乱窜的灾民。恰在这时，州委常委组织部部长刘传合、省人大副主任也来到现场，一看州医院根本无法容纳越来越多的病人，问严进才怎么办？严进才提出了在体育场、扎西科赛马场再安排两个紧急医疗点，这样就可以缓解州医院的压力。两位领导很赞同副院长严进才的建议，并要求州医院立即组织人员进行部署。严进才根据领导指示，立刻组成了抢险医疗组、护理组、运输组和转移遗体登记组，在三个医疗点同时开展抗震救灾工作。

下午三点，玉树州医院急救伤员工作步入正轨之后，严进才分别到三个露天医疗点召开紧急会议，强调作为医务人员一定要在大灾面前做到忙而不乱，沉着应对，把救死扶伤放到第一位，并要求各科室主任想尽一切办法联系职工，要求他们必须迅速到岗，同时通知所有休假、探亲和在外地进修的人员，要在第一时间赶回医院

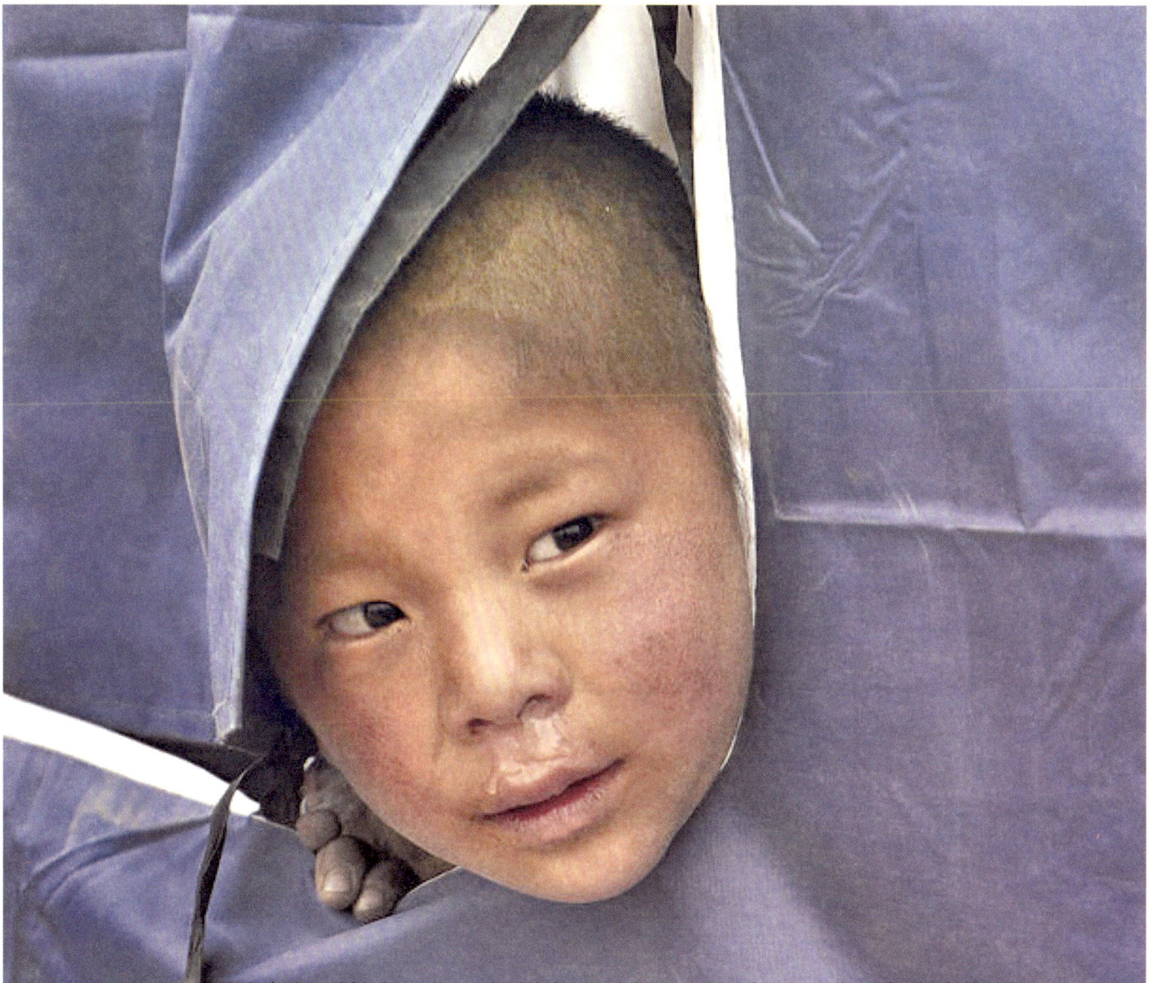

参加抗震救灾工作。应该说，玉树州医院的抢险工作在紧张中有条不紊地进行着。

听到这里，韩慧瑛再次拨通了副院长严进才的电话。但是，对方的声音已经嘶哑了。员工们补充说，那天严副院长的嘴上都结了几层厚厚的血痂。

一路的奔波与操劳，使韩慧瑛感觉到身心有些疲倦，但一看到职工们还在没日没夜地加班工作，她再也无法呆在救护车里歇息了。当晚 10 点多钟，韩慧瑛拿着一把手电筒，不顾疲劳地一顶帐篷挨着一顶帐篷查房，一一询问那些受伤者的病情及治疗情况。同时，还时不时地亲自为那些受伤的儿童换药。她的爱心温暖着扎西科草原。

往日空旷的赛马场已经扎了数百顶临时帐篷，聚集了数千人。这一圈走过来，韩慧瑛已经累得气喘吁吁。黑夜麻木般地掩盖着人们心头的悲伤，韩慧瑛这才拖着疲惫不堪的身躯悄悄地钻进了冰凉的救护车里。

韩慧瑛本能地从一阵轰鸣的机动车声中一骨碌翻起身时，才知道眼前并没有发生让人心有余悸的地震，而是省卫生厅运送救援物资的大卡车到达了。她打开手机一看，原来时间已经到了凌晨两点多钟。韩慧瑛一下车，刺骨的寒风不禁使她打了几个寒战。她一面招呼员工为司机倒水备饭，一面跑过来搬运救灾物资。看着院长亲自动手了，睡在帐篷里的职工们也都拖着困倦的身体来了。一些人还在嘟囔："这些物品干么非要今天晚上卸呀？"韩慧瑛气喘吁吁地来回搬运着东西并不断地给大家鼓劲说："在这个特殊时期，时间就是生命！"

救援物资到了，可它不能白白地躺在草地上睡觉呀？一看到露天满地蜷缩着的灾民，韩慧瑛心急火燎地又鼓动大家把帐篷赶紧搭起来。她甚至以哀求的语气对那些在寒夜中搬运物品的职工们说："大家再坚持一会儿好吗？这些无家可归的人们多可怜啊！他们中很多人是在地震中捡回了一条命，有的还身患重病，如果受到风寒感染，说不定就又丢了性命。这样我们可就成了千古罪人了。"

4 月的玉树之夜，寒气凝霜。然而，韩慧瑛充满爱意的话语，瞬间转化成一种高昂的斗志，几百顶帐篷在不到两个小时的时间里拔地而起。之后，韩慧瑛又带领大家把受伤病人一一转运到新扎的帐篷里面。谁都没有发觉，由于过度的疲劳，致使韩慧瑛再次回到救护车里就寝时差一点栽倒。

爱的奉献

4 月 15 日清晨，韩慧瑛被透心的寒冷冻醒。直到此时，她才看到了一个完全陌生的结古镇：曾经错落有致的、具有民族特色的一排排民房不见了，剩下的只是遍地狼藉的废墟。曾经耸立的高楼大厦早已失去了往日的壮美，有的只是随处肆意伸出的残垣断壁。一个曾经炊烟袅袅、车水马龙的美丽城市，竟在一夜之间变成了一个“超级垃圾场”。一想到还有多少无辜的生命，竟然不明不白地葬送于这场灾难之中。作为一个本土的玉树人，怎能不为自己家园的毁灭而伤心落泪呢？这就是我热恋的故乡吗？这就是生我养我的玉树吗？韩慧瑛几乎

不敢相信眼前的一切。触目惊心的灾难，再次将她带到了一个痛苦的深渊。她在哭泣，她的心在流血。

东方发出鱼肚白，清冷的风肆无忌惮地吹打着扎西科草原上新扎的一顶顶帐篷。韩慧瑛不愿惊动那些熟睡在帐篷里的人们，便小心地推开救护车车门，在草地上轻轻地走动。这时，从不远处的帐篷里走出两个人来，他们小声地问她："院长，今天早饭吃什么？"直到这时，韩慧瑛这才突然反应过来，抗震救灾的严峻形势要比她想象的更为复杂而艰巨。仅仅 500 多号人的吃饭问题，足以让她焦心忧虑。是啊，现在大伙儿是同吃同住了，柴米油盐问题怎么解决呢？于是，她走进帐篷问两个准备做饭的厨师，这里现成的食品有些什么？两人指着几袋方便面说："除了这些再没有其他东西了。""这怎么行呢？不吃饭大家怎么干活呀？"她着急地说。两个厨师无奈地望着韩慧瑛。韩慧瑛稍稍思忖了一会儿便说道："不着急，我家的冰箱里，还有 200 多斤肉，还有一桶青油和两袋面，我让扎西这就去拿。今天的早饭你们一定要做好，这样，大家干起活来才有劲。"

不一会儿，司机扎西把韩慧瑛家中能吃的东西全都拿来了。韩慧瑛开始犯愁了，眼前这些东西只能应急却无法保障今后的生活。她心里也很清楚，别的单位调拨下来的都是诸如食品类的救援物资，而州医院接到的大批物资都是药品，何况，抗震救灾也绝非是三五天的事，如果派人去采购，这在当时的玉树来说更不现实。根据医院单身职工居多的现状，韩慧瑛觉得设立临时简易大灶，是个最好的办法。这样不仅节省出许多时间，同时，大家互相也有个照应。

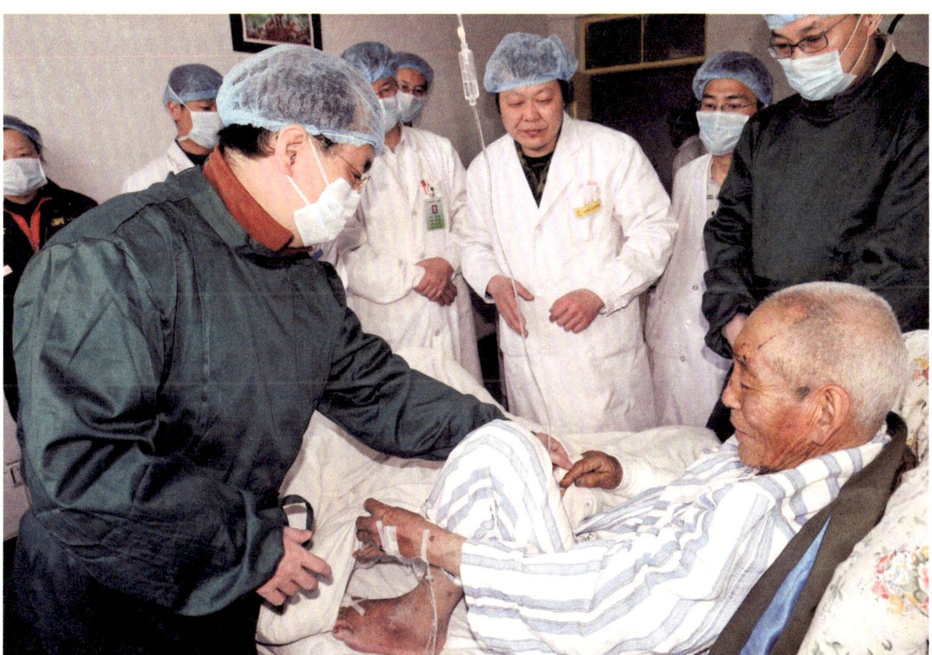

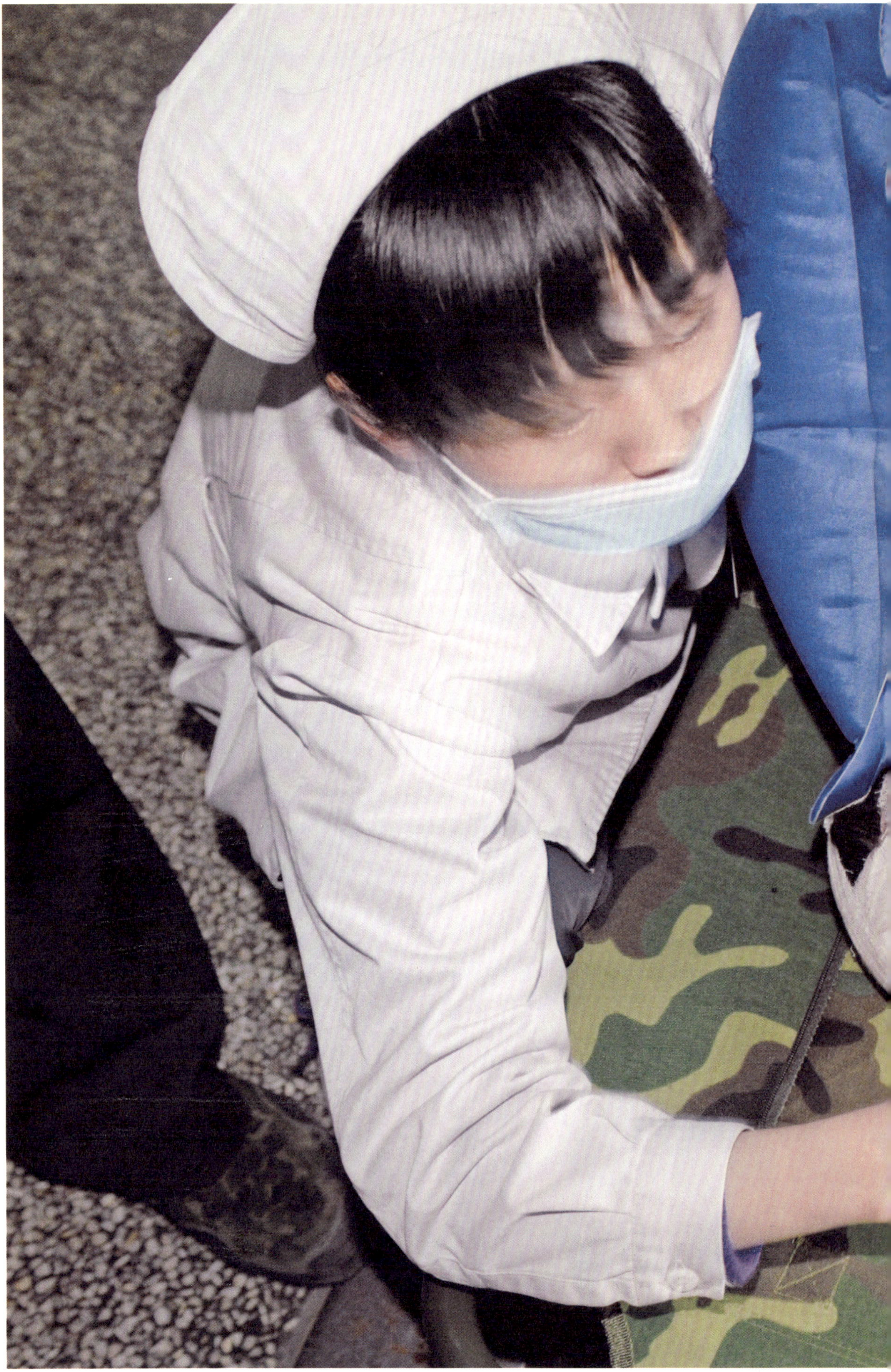

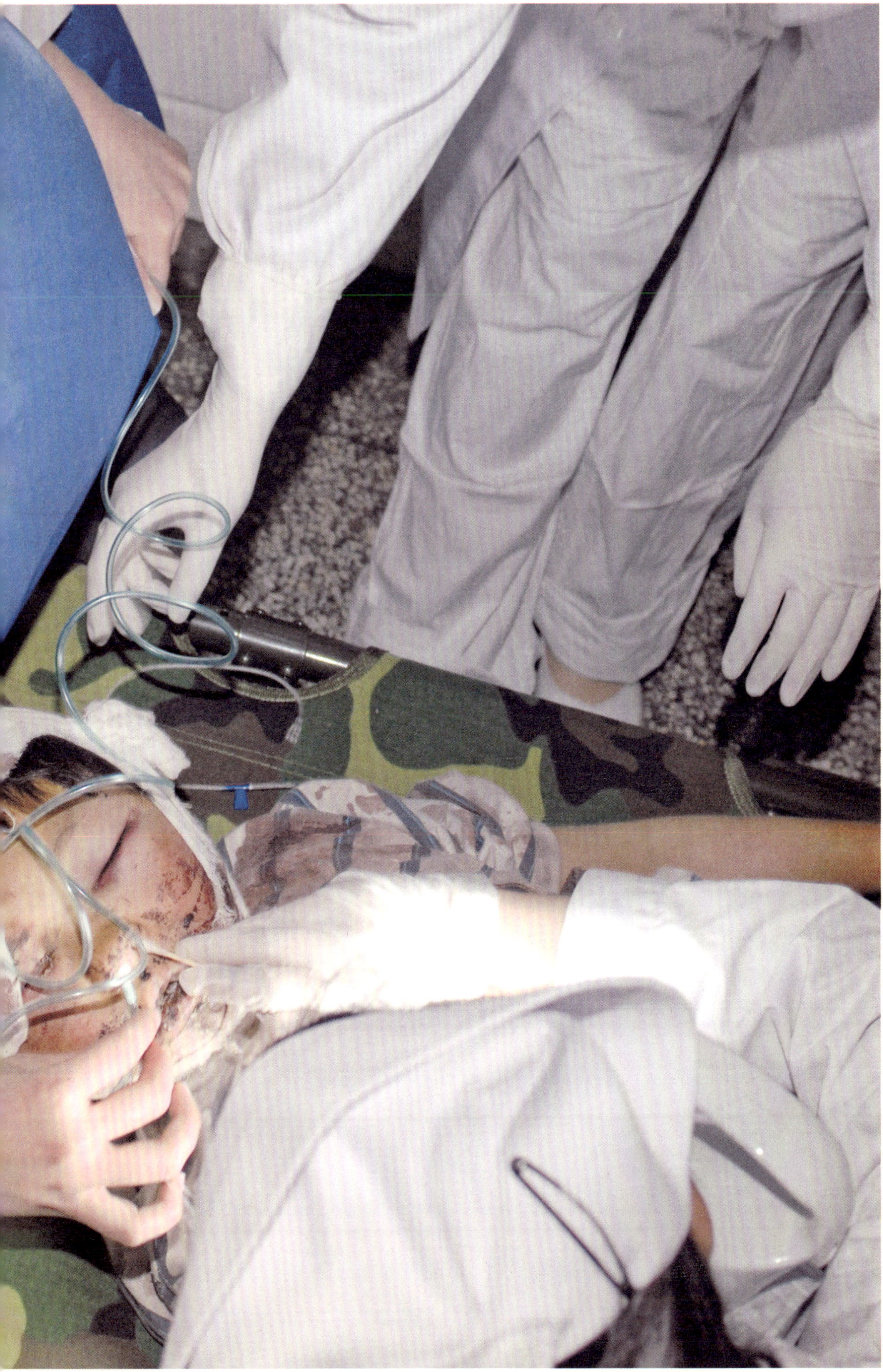

所以，她动员职工们把家中现有的食品都集中到救灾医疗点上，号召大家互相帮助，共同渡过难关。

这天下午，一位年轻的女护士突然晕倒在地。韩慧瑛心里猛地一惊，急忙跑过去询问情况。原来这位漂亮的女护士因为如厕不便，竟然连续两天不进水米而被饿晕过去的。韩慧瑛太了解这些姐妹们的难处了，她心疼地拭去了姑娘眼角的泪水，并充满爱意地叮嘱道："你要善待自己，再不能干这样的傻事了。一定要振作起来，你要是倒下了，谁来照顾这些受伤的灾民呀！"是啊，生活在灾区，人人都是灾民。包括韩慧瑛在内的女性医务工作者们，此时也学会了忍耐和坚强。

在救灾现场，韩慧瑛恨不得把自己当成几个人来用。她一会儿要安排工作，一会儿又要听取汇报。更重要的是，她身为一名医生，要担当起救死扶伤的神圣使命。在玉树州医院，韩慧瑛不仅是一名顶级的儿科专家，同时还是个全科大夫，她以技术精湛和仁爱慈善

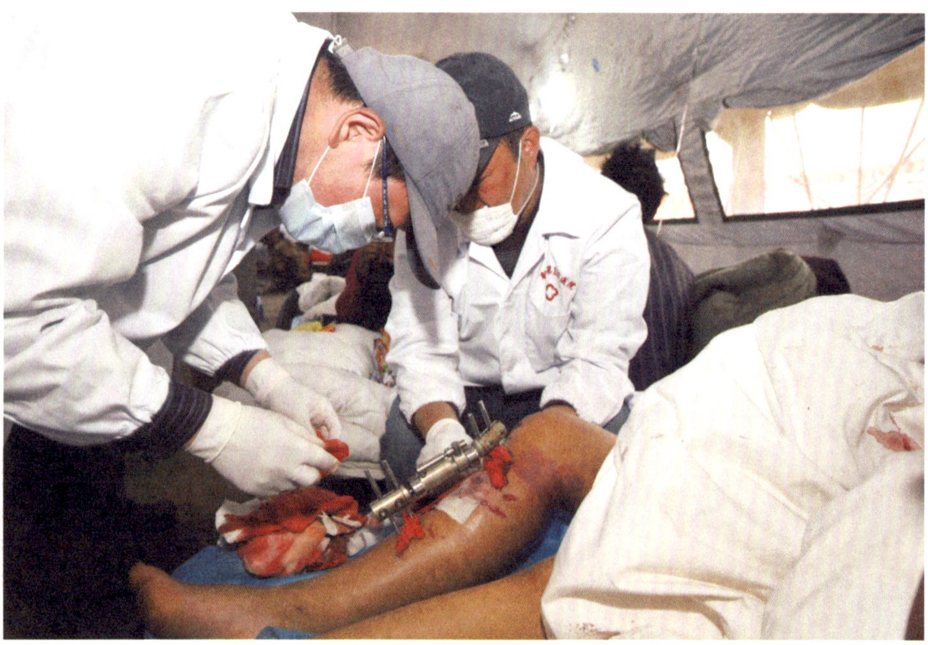

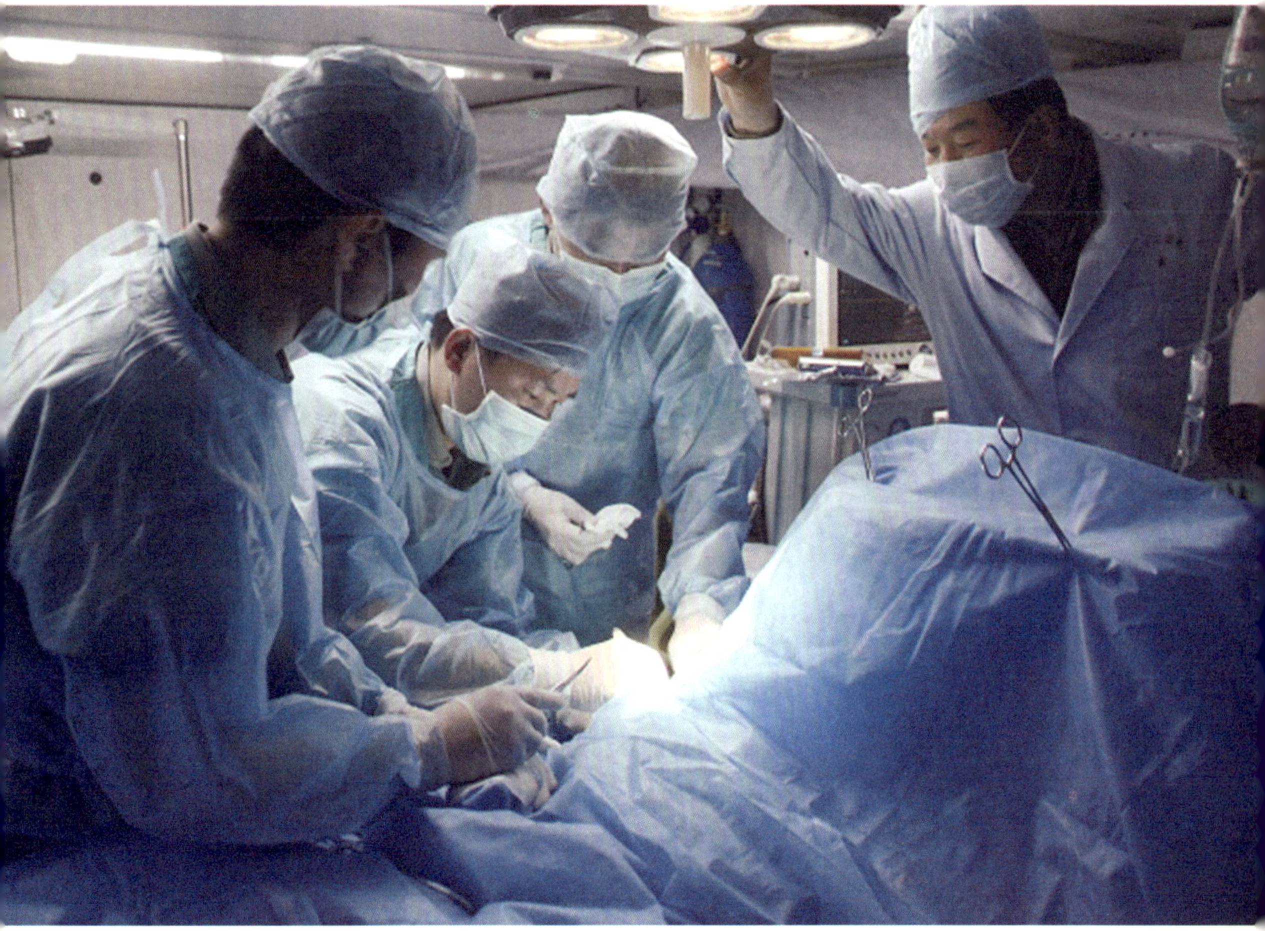

而声名远扬。20 多年的行医生涯，致使玉树扎西科草原上的牧民们都记住了这个有着菩萨般心肠的白衣天使。所以，在这场空前的大劫难中，所有的受伤者都几乎把希望的光芒聚焦在她的身上。只要她的步履所到之处，总有人远远起身恭迎，争着要让韩院长去看看他们的病人。牧民们的信赖和爱戴，使韩慧瑛不敢冷落一颗颗受伤的心，那怕再苦再累，她也要走进群众中间施医问诊，问寒问暖。即便是一个轻微的伤者，她都要细心地查看，耐心地开导。尤其是遇到一些重症儿童，不管是在州医院、赛马场，还是体育场，韩慧瑛一天内常打几个来回穿梭于三个诊疗点，她总是在患者最需要的

民政救灾

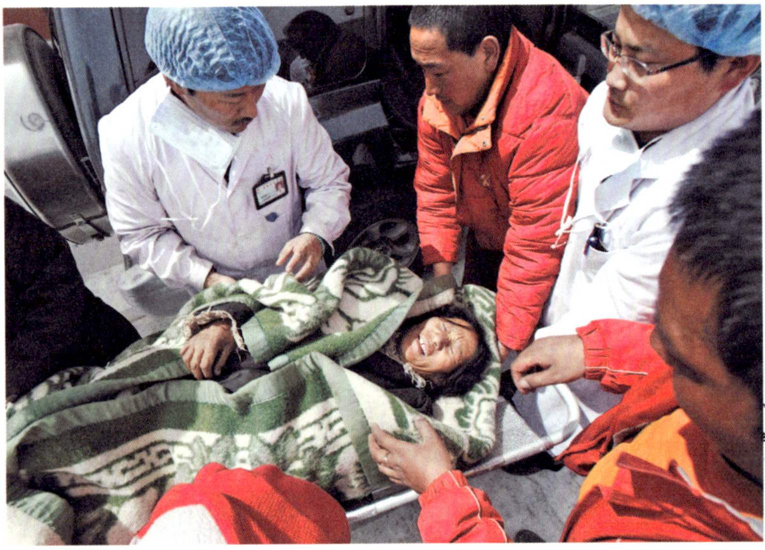

时候，像及时雨一样出现，为其排忧解难，妙手回春。日复一日，手术、换药、听诊、讲解用药事项，韩慧瑛从早到晚一直是有求必应，马不停蹄。她用自己的满腔热情，去感化每一个人，使他们鼓起生命的勇气和战胜灾难的信心。

仅仅是震后三天，玉树州医院的全体员工共诊疗受伤病人 3 400 多人，转运病人 400 余人。透过这一组数字，我们完全可以想象到韩慧瑛他们的辛劳程度。

说实话，在那些天里，韩慧瑛从来没怕过苦、怕过累，而她怕的是自己虚弱的身体得不到休息而垮掉。救护车空间小、不透气，一到晚上她就发怵。打开车窗玻璃吧，冷得让人实在难忍，若是紧闭起来，心里则堵得发慌。在那些艰苦岁月里，韩慧瑛没睡过一次囫囵觉。

副院长严进才压根不知道韩慧瑛晚上失眠的事。有几次他看见韩慧瑛在大白天盖着个毛毯躺在收发室的一个破沙发上，还以为是老病复发，就多次劝她注意身体。可韩慧瑛只是说，有些累，躺一会儿就没事了。但时间一长，院里的几个副院长都发现韩慧瑛脸色有些难看，精神不佳，于是大家都劝她回家休息，甚至提出了到省医院住院治疗的建议。但在抗震救灾工作正奋力开展的关键时刻，韩慧瑛哪里会听得进去这些话呢？

躺在家里固然可以睡得好一些，但这是一场特殊的人民战争。将心就是军心，只要将在，军心就稳，否则军心将会大乱。韩慧瑛是打定主意要坚守在阵地上。她不希望在这个节骨眼上，医院的工作因为自己的疏忽而出现一丝的失误，那样她将无颜面对玉树的父老乡亲。就这样，韩慧瑛在那个简陋的救护车里整整呆了60多天。

顾全大局，这就是一个共产党人的本色。韩慧瑛呆在玉树的一

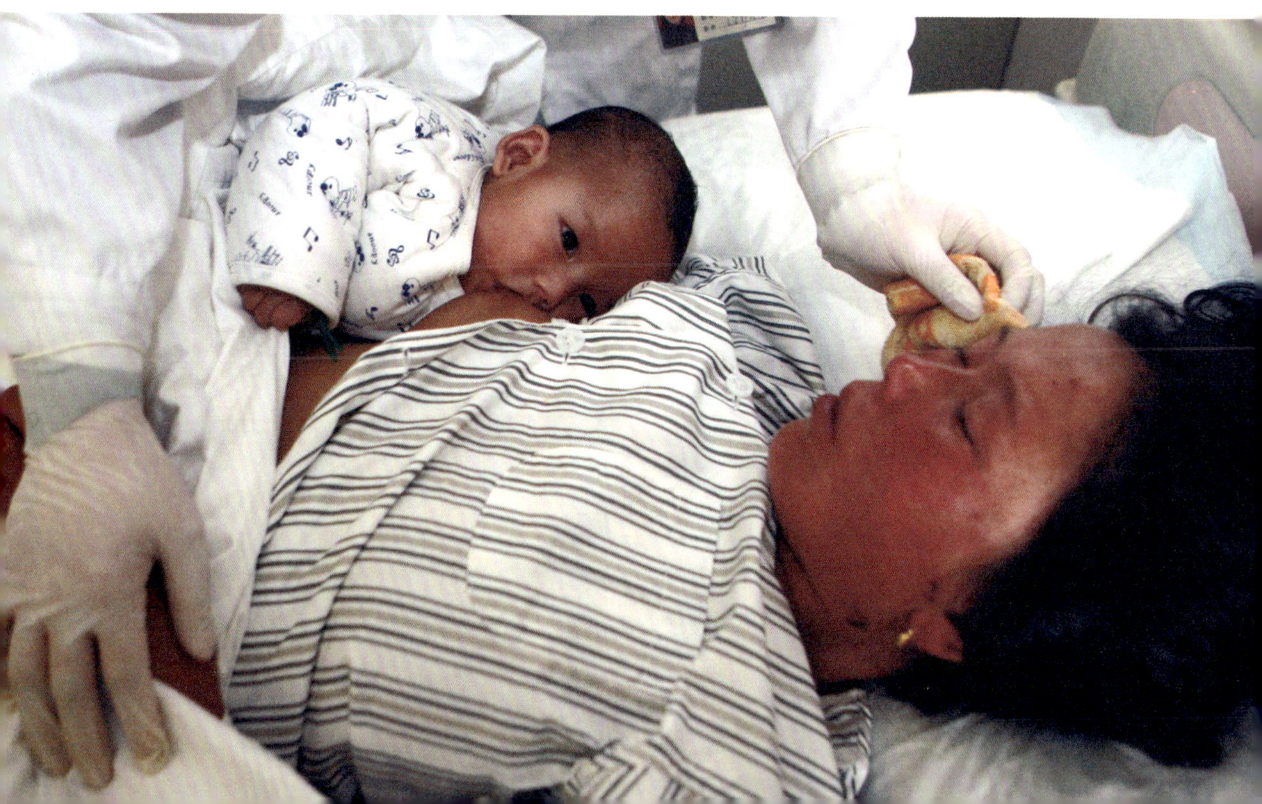

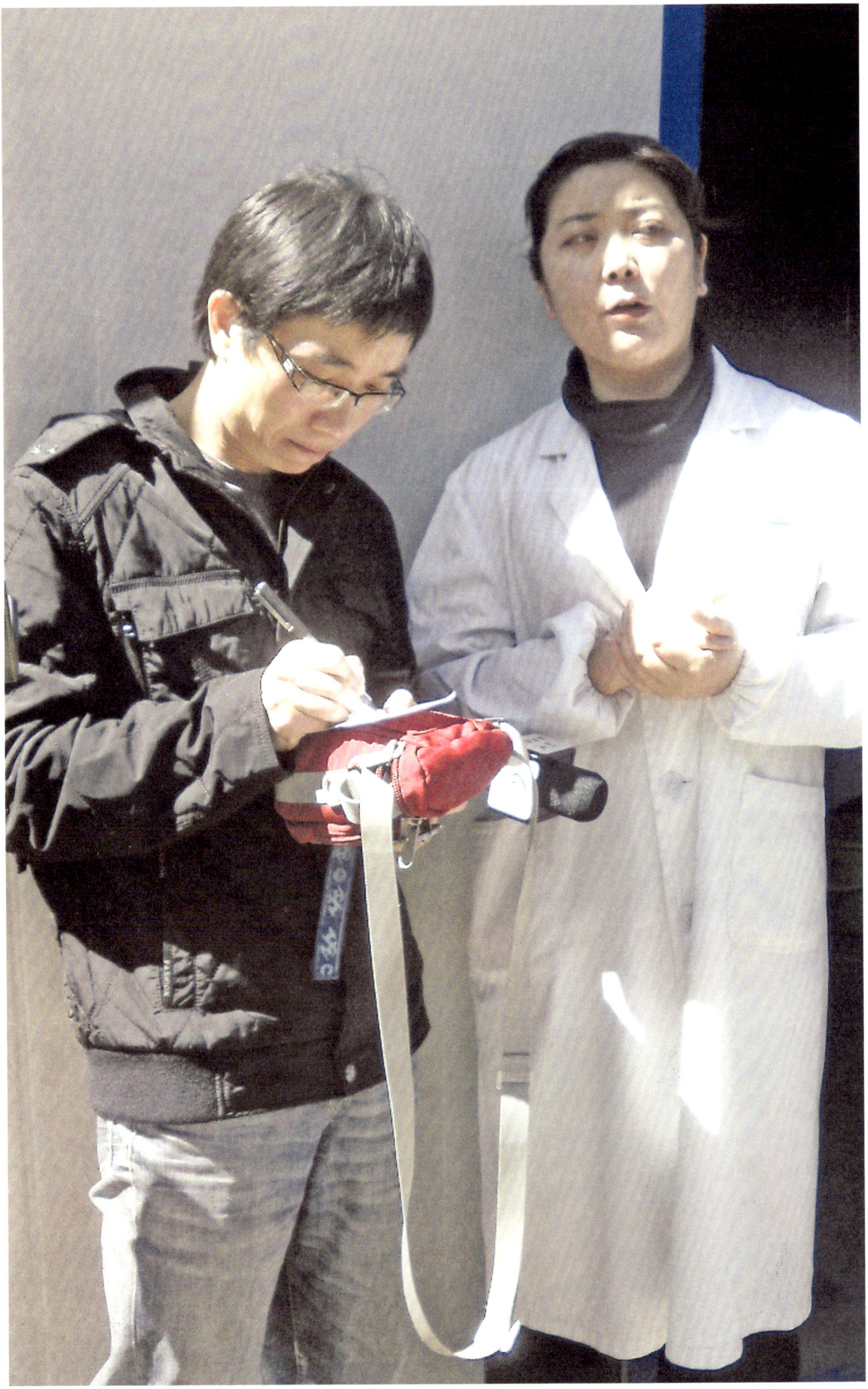

天，那就是讲政治、顾大局的一天。

有一天，玉树州医院大院里驶进来了三辆大卡车，让职工们感到意外的是，此次送来的救援物资不是药品，而是食品等生活用品，于是大家伙儿立刻欢呼雀跃起来。看到职工们高兴的劲儿，韩慧瑛开始左右为难起来。她很理解职工们的心情，这些天来，医院的所有职工为了大家而舍弃了小家，忍饥挨饿，夜以继日，忘我工作，无私奉献，表现出了一个医务工作者应有的境界和风格。她从心底里感激这些可爱的兄弟姐妹们。她也知道，医院的职工中有60%都是玉树当地的人，谁家后面都有几个穷亲戚，有的职工的亲人们还在这次“4·14”大地震中遇难了。如果把这些救援物资分发给职工，那他们也可以尽些家庭义务，以求得心理上的安慰。但是，转眼一想到那么多无家可归的人，还在为眼前的一日三餐而忧心忡忡时，

她心里可真不是个滋味。尽管，这批救援物资是指名点姓送给州医院的，但目前真正需要得到救助的还不是州医院这些职工及其家属。再者，卸运三车救援物资，需要一定的人力和时间。身为医生应该把有限的时间投入到为病人解除痛苦之上，而不能把宝贵的时间消耗在搬运给自己的物资上面。于是，她冲到正在卸运救援物资的人中间大声地说："同志们，省上为我们医院送来了救援物资，这是对我们工作的肯定，也是对大家的关怀。我相信，既然送来了第一批物资，肯定还会有第二批、第三批。所以，请大家今天先卸下一车，另外两车就交给州政府，去接济那些最需要帮助的人们……"韩慧瑛的话还没说完，人群中有人开始窃窃私语。有些人干脆放下手中的东西，僵立在地上，眨巴着眼睛怀疑自己的耳朵是否是听错话了。"送到门口的炒面都不要，我们的领导是不是脑子有病啊?""大家静一静，咱们都是国家干部，送给我们的救援物资够用就行了，我们今天只卸一车货，为的是让更多的人感受到党和政府的温暖。我知道大家这些天受了很多苦，也很委屈。不管怎么说，我们是有组织的。只要我们付出，组织上是绝对不会忘记我们这些功臣的。昨天，州上已经确定了新医院的选址，新建的医院大楼比省医院的条件还要好。只要我们同甘共苦，渡过难关，今后就会有好日子的。我们有没有觉悟，我们有没有奉献精神，这个时候群众的眼

民超市

韩慧瑛把帐篷让给病人,而自己在这样狭小艰苦的环境中坚持了 80 多天

睛也在看着我们。”这就是领导艺术的魅力，韩慧瑛慷慨陈词，一席话说得职工们心悦诚服。

正在这时，韩慧瑛接到了丈夫索南才仁的电话。她知道这是亲人的问候、关怀和体贴。但在这个时候，韩慧瑛确实没有过多的时间和家人进行亲情交流。她只是简单地交代了几句：“告诉父母和女儿们，我在玉树很好，让他们不要担心。”随后，索南才仁问到了她的身体状况，并提出要到玉树来照顾她。韩慧瑛一听这话就急了：“你不要来了，我住在救护车里挺好的。你上来以后往哪里住？你这不是给我忙中添乱吗！”随后，她就挂了电话。韩慧瑛心里明白，伤筋动骨一百天。尽管一些重病伤者陆续转往省内外各大医院之后，玉树州医院的中心工作就转入常规治疗和护理当中。但这并没有减轻她肩上的担子。急救工作告一段落之后，又有几大重要任务摆在了韩慧瑛面前。最紧要的还不是如何妥善处理遇难者遗体的问题，迫在眉睫的头等大事就是如何展开震后疫情的预防工作。好在，国内一些卫生医疗机构的众多专家此时已安营扎寨，从技术力量上讲，她是不发愁的。不过要形成一个科学、有效和可行的整体方案，她还要组织专家进行认真论证，这可不是一件轻而易举的事。疫情防治必须要做到有备无患，这可是关乎玉树人民生命和健康的一件大事，来不得半点马虎。于是，韩慧瑛协同疾控部门的业务骨干，用三天时间拿出了一个初步的预案，可她还是心里没底。之后，她去了体育场的诊疗点，挨个征求省内外专家的建议。毕竟这是第一次去制定如此宏大而严谨的方案，韩慧瑛生怕有个闪失，总是不厌其烦地问了再问，并进行详细的记录。韩慧瑛不耻下问、认真工作的态度被同行所称道，纷纷赞她是玉树人民的保护神。

痛并快乐着，是韩慧瑛在抗震救灾时期的真实写照。当设备一流、技艺精湛的济南军区方舱医院提出与玉树州医院协同开展工作时，一股暖流涌上她的心头。韩慧瑛充分感受到了友情的力量，来自全国各地的志愿者，都是玉树人民的救命恩人。她怀着一颗感恩的心。驻扎在玉树的近百家医疗队，是抗震救灾的一支重要的生力军。作为对口支援单位，韩慧瑛还要腾出很大的精力，去协调和帮助这些“集团军”在工作和生活中遇到的一些困难。这就是韩慧瑛的性格，只要有益于玉树人民的事，她必定会尽心尽力，责无旁贷。

抗震救灾工作转入灾后重建阶段之时，韩慧瑛因为体力严重透支已经力不从心了，而超负荷的工作又使她完全忘记了自己的病痛。她一直为州医院重建项目而奔波，但虚弱的身体已向她提出了严重的“抗议”。她是医生，深知自己的身体。可责任感和使命促使她无法停止工作。2010年6月28日，一直坚持工作的韩慧瑛，终于在许多关心她的同事们的一再劝说下，才同意在玉树进行输液治疗。其实，在场的很多人都认为此病再也不敢耽搁了，必须马上转入省医院进行治疗。然而，倔强的韩慧瑛始终不肯点头。

2010年7月3日，边治疗边工作的韩慧瑛再也无法像以前那样雄心勃勃地指挥她的抗震救灾大军了。她实在扛不住了，她疲惫的心也想休息了。望着满目疮痍的苍凉玉树，望着那些与她朝夕相处的同事，韩慧瑛竟伤心地痛哭了许久。一些曾经得到韩慧瑛救治或救助过的群众也来到医院为她送行，几个老阿妈眼含热泪手摇转经筒为韩慧瑛诵经祈福。“你到西宁后要安心治病。医院的事还有我

们几个呢，你不必太牵挂了。”韩慧瑛虽然嘴上答应着副院长严进才、牛旭原、达松等人，但她又千叮咛万嘱咐地交代安排医院今后的工作。最后，她恋恋不舍地离开玉树。

韩慧瑛的父亲韩玉德在面对记者的采访时，流露出对女儿无限的思念(视频截图)

爱的绝唱

索南才仁万万没有料到韩慧瑛的病情会糟糕到这种程度。当他见到从玉树转院到青海省人民医院之后的韩慧瑛时，她正处在极度的昏迷之中。手握着医院刚刚下达的病危通知书，索南才仁顿时泪流满面。他没想到，仅仅60多天的时间，病魔已经把他心爱的妻子摧残成这个样子：过敏性紫癜、高血压、心脏病、黄疸性肝炎和腹水的形成等等。他不敢想象妻子韩慧瑛是如何在高寒缺氧、遍地废墟的恶劣环境中挣扎过来的。“你也太粗心大意了，怎么拖到这个时候才把病人送来！”主治大夫的质问像皮鞭一样抽打在索南才仁的心上。

也不知道昏迷了几天几夜，当韩慧瑛终于睁开眼睛时，却发现丈

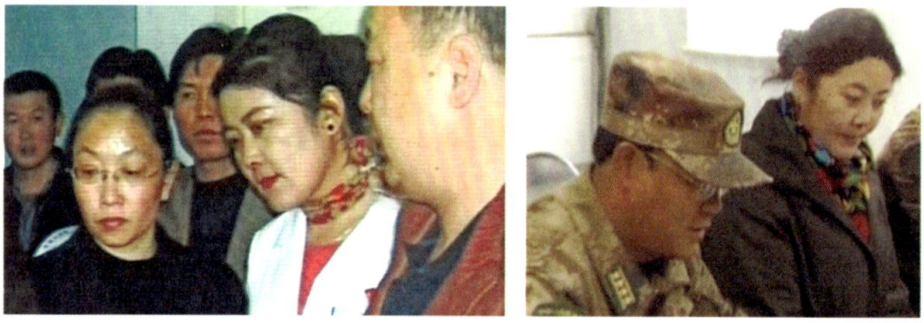

韩慧瑛同志带着病痛坚持在工作岗位上(视频截图)

夫索南才仁熟睡在椅子上，这让她顿生怜悯之情。她很感激这个顶天立地的男人，因为这个家有了他的支撑，才使韩慧瑛腾出了更多的时间和精力，全身心地投入到自己热爱的工作上。如果把自己比作一朵牡丹的话，那么，眼前的这个男人就是满枝的绿叶。有一件事，让韩慧瑛愧疚了许多年，她一直想给丈夫说，但她始终没有勇气说出来。那是 1996 年的一个冬天，时任玉树州医院小儿科主任的韩慧瑛刚刚睡下，突然接到了值班大夫的求救电话。说有个新生儿出现意外情况，可能有生命危险……韩慧瑛骑着摩托车赶到医院时，几个值班大夫正在一筹莫展地守候在奄奄一息的婴儿旁边，躺在床上的产妇在一个劲地哀求着："好心的大夫啊，你们快救救我的孩子吧！"急救工作紧张进行。那一夜，韩慧瑛她们未合一眼。等到天亮时，新生儿终于转危为安，产妇感激涕零地盛赞韩慧瑛是观音菩萨下凡。看到婴儿安然无恙，韩慧瑛这才放心地离开了医院。就在她骑着摩托车回家的路上，突然感到浑身发冷，肚子疼痛。韩慧瑛以为自己可能是感冒了，也没在意。可到了第二天晚上，一件意想不到的事情发生了：韩慧瑛流产了。为了抢救别人的新生儿，她竟然失去了自己怀胎数月的男孩！并非是韩慧瑛重男轻女，作为一个女人，已经有了一个女孩的她，多么渴望自己能给心爱的索南才仁再生一个儿子，那将是对丈夫付出的最大补偿。可现在儿子已经夭折了，她再也没有勇气向索南才仁说起这件事了。再后来，当第二个女儿降生时，韩慧瑛曾试探过索南才仁："我给你没生个男孩，你不会怨恨我吧?"憨厚的丈夫则高兴地说："你给我赐予了两个像你一样可爱的天使，我爱都爱不过来，怎么能说不高兴呢?"索南才仁的宽广胸怀，多少也减轻了韩慧瑛的负疚感。

"啊呀，巴桑卓玛，你吓死我了。我以为再也见不到你了。"索南才仁热情的话语一下把韩慧瑛从对往事的回忆中拉回到现实。她深情地拉着丈夫的手说："索南，这一辈子我欠你的太多了。等到玉树重建的任务完成后，我马上就办理病退手续。我要做个贤妻良母，好好地伺候你，帮你教育好两个女儿，再也不离开你们了……""这样就好。我真担心你再这样不要命地干下去，万一有个三长两短，我不知道自己还能不能活下去。""不许你说这种不吉利的话，我的病我知道，疗养一段时间就会好的。"知心的话语真是说不尽道

不完，两双手就这样在病床上紧握了许久，许久。

对于韩慧瑛来说，亲情和爱情是她精神的支撑，而玉树是她生命的全部，她的情、她的爱、她的青春、她的理想，一切都根植在玉树这片土地上。就在与病魔顽强抗争的岁月里，韩慧瑛的手机 24 小时保持着畅通，自始至终关注着玉树的一切。2010 年 7 月 20 日，玉树州医院财务科科长李勇突然接到了韩慧瑛的电话：澳大利亚华人慈善协会一行 4 人不久要来玉树为灾区的少年儿童、养老院及寺僧免费体检，并赠送学习用品和生活物资，希望他做好衔接工作。那时的李勇工作任务相当繁重，他就不解地反问韩院长："这些慈善机构又不是医院的对口单位，他们来玉树还需要我们接待陪同吗？""小李，你咋这么糊涂？这些人尽管与我们医院没关系，但与玉树人民有关系啊！"听完院长语重心长的话语，李勇甚感羞愧。后来，李勇按照韩慧瑛院长的吩咐，先后两次陪同澳大利亚华人去了巴塘小学、新寨敬老院和当卡尼姑寺。但是，后来的事，韩慧瑛永远也不会知道了。

一连几天，韩慧瑛时而清醒，时而昏迷。种种迹象表明，她的病情并不像她说得那样简单。8 月 13 日，从昏迷中醒来的韩慧瑛，委托丈夫索南才仁给舟曲泥石流灾区捐赠 1 000 元现金。就在这个间隙当中，心情沉重而不知所措的索南才仁找到了韩慧瑛的舅舅昂嘎。主要商量两个问题，一个是韩慧瑛的病情要不要告诉给他的父母，另外，下一步治疗该怎么办？父亲 83 岁，母亲 77 岁，对于这样一对高龄老人来说，该不该告诉他们韩慧瑛现在的病情，昂嘎和索南才仁一时也是踌躇不决。

韩慧瑛的舅舅昂嘎，原是玉树州委宣传部部长，现为州政协副主席。他 12 岁时父母双亡，从小由韩慧瑛的爸爸妈妈，也就是他的姐夫和姐姐抚养成人。因此，与韩慧瑛及其父母有着极为深厚的亲

济南军区野战方舱医院院长关晓峰告诉记者："韩慧瑛同志精明强干，富有爱心，关心着每一位来救治的群众，关心着医院的重建工作。"（视频截图）

情关系。韩慧瑛在抗震救灾期间，他曾三次看望过韩慧瑛。第一次见她是在玉树赛马场的救护车里，那时韩慧瑛正处在紧张的工作当中，两人只是匆匆寒暄了几句。第二次是在州医院的门卫值班室里，昂嘎见外甥女挂着点滴，就劝她注意劳逸结合。昂嘎知道韩慧瑛是个工作狂，所以在 6 月下旬，再次到韩慧瑛家中探望。此时，她的外甥女脸色不太好了。昂嘎立即劝她到省医院复查，但韩慧瑛笑着对舅舅说，可能是劳累的缘故，不碍事。

因此，当索南才仁找到他时，昂嘎已经感觉到事态的严重性。于是，急急忙忙先去了省藏医院求教于一个藏族名医。那人说，这种病恐怕难以医治。现在有一种猛药，一粒是一万多元可以试一试，吃了有好转的可能，否则就毫无办法了。昂嘎拿不定主意，只好去

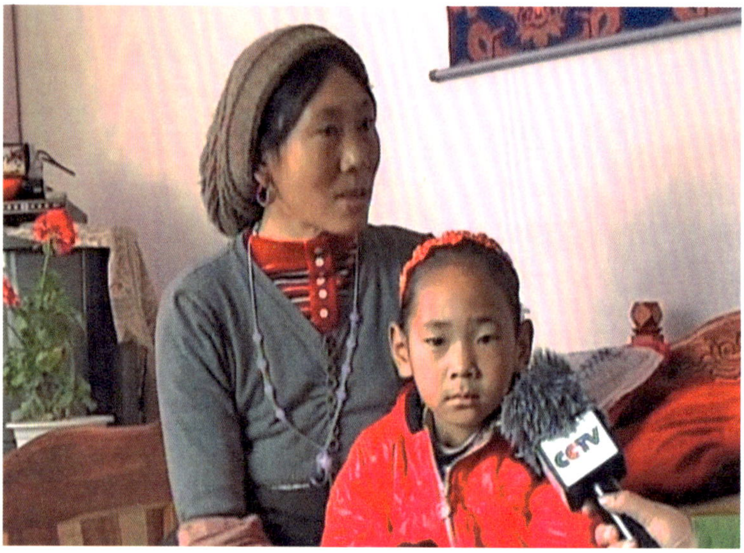

曾被韩慧瑛同志无私救治过的
玉树县结古镇禅古村村民巴毛和女儿(视频截图)

找韩慧瑛。这时的韩慧瑛已经转院到青海省第四人民医院化疗。看到舅舅来了，韩慧瑛依旧若无其事地打趣道："看你这个紧张的表情，是不是陈大夫又把你们给吓唬了一通啊?"昂嘎郑重其事地告诉韩慧瑛，看病的事再不敢大意了。并就是否使用藏药的事情与她进行沟通。韩慧瑛说，这种病是要不了命的，她不希望冒险。不过，她也同意了转院治疗的方案。这期间，韩慧瑛害怕同事和病人来探视，一直封锁了自己转院治疗的消息。

副院长严进才是为玉树州医院重建的整体规划而专程到兰州的。2010年8月16日，他从西北市政设计研究院忙完正事后，打算到兰州军区总医院去看望韩慧瑛院长。自从玉树一别后，玉树州医院的所有职工都一直牵挂着韩慧瑛的病情。严进才想把职工们的关怀、问候和思念当面转达给他们爱戴和敬重的韩慧瑛院长。于是，他兴冲冲地拨打电话，没想到韩慧瑛在电话中婉拒了他前来探视的请求。"你太忙了，先不要来看我。看我是小事，你要把医院重建的工作放在心上，一定要把好图纸设计关，掌握好医院大楼的布局结构。我过两天就去北京治疗，回到西宁后，咱们再好好聊天……”近在咫尺却未曾谋面，严进才带着遗憾当夜返回了西宁。

2010年8月19日，中共中央、国务院和中央军委在青海省西宁市举行全国抗震救灾总结表彰大会。韩慧瑛接到参会领奖的邀请后兴奋不已，她为玉树州医院得到如此之高的荣誉而倍感自豪。韩慧瑛从心底里是非常想去参加这个盛会，可是正在化疗之中的她已是寸步难行了，她已无法在鲜花和掌声中走上领奖台了。

一直蒙在鼓里的韩玉德和才仁永措却不知道女儿此时已经转入北京地坛医院。当弟弟昂嘎把实情相告于他们之时，老两口顿时瘫倒在沙发上大哭起来。昂嘎怕年事已高的姐姐、姐夫悲痛伤神，一面劝慰安抚，一面开导他们做好最坏的思想准备。此后，两位老人以泪洗面，日夜燃起酥油灯，为女儿巴桑卓玛诵经祈祷。

在北京，呼吸困难的韩慧瑛拉着丈夫索南才仁的手深情地说：“索南，我真是对不住你了。我怕是已经不行了。欠你的情，我只好来世偿还了。希望你能代我把父母养老送终，希望你把两个女儿的婚事体体面面地办好，这是我最后的请求啊……”

索南才仁这位刚强的康巴汉子，此刻再也无法克制住一腔的悲情，他深情地抱着自己热恋的妻子，泪如泉涌中一一点头应承。

韩慧瑛和索南才仁的结合是一段奇缘。二十几年前，如花似玉的大学生韩慧瑛刚刚在玉树参加工作后，就与当时还没有工作的社会青年索南才仁相爱了。这在世俗的眼里是一件不可思议的事情。然而，这两个情投意合的年轻爱侣，不顾众亲友的反对和社会的压力，偷偷相约在花前月下，山盟海誓，相亲相爱，最终成为生命伴侣。成家后，二人相敬如宾，几十年忠贞不渝，情深似海。在韩慧瑛的“调教”下，索南才仁不负众望，终于走出大山，成为一名纵横四海的青年企业家。而韩慧瑛在丈夫索南才仁的大力支持下，家庭和睦，事业兴旺，成果显著。一些曾经反对过他们的亲友，如今见了这对人人羡慕的黄金夫妻，都在暗自责怪自己当年是那样的目光短浅。

一直垂立在旁边的巴德文毛，被这眼前绝世的生死恋情震撼了，她飞扑过去，一把抱住韩慧瑛就失声痛哭起来。“阿姨卓玛，你不要再说了。你不会有事的，像你这样的好人，菩萨一定会保佑的。”

对于巴德文毛而言，韩慧瑛就是她恩重如山的再生父母。十几年前，韩慧瑛到玉树通天河畔的一个家徒四壁的贫困人家出诊时，就一眼看上了这个聪慧懂事的巴德文毛。那时，韩慧瑛的大女儿还不到一岁。出于爱怜，韩慧瑛向其父母提出了要接巴德文毛到州上去照顾自己孩子的建议。两位衣食没有着落的牧民夫妻，看到眼前这位慈眉善目的曼巴接女儿去城里，而且还要发一份工资，竟高兴得合不上嘴来。连声说：“这是老天的造化啊。”

韩慧瑛像是收养了一个干女儿一样高兴。她对巴德文毛自小严加管束，细心调教。甚至手把手教她读书识字、洗衣做饭。生活在这样一个温馨的家庭里面，巴德文毛感到很幸福。不到几年，操持家务井井有条，待人接物彬彬有礼，成了一个人见人爱的欢喜主儿。

后来韩慧瑛的两个女儿相继上了大学，但巴德文毛依旧舍不得离开这个她长久依恋的家，于是便要求到西宁去照顾韩慧瑛的父母亲。韩慧瑛同意了她的要求，并和索南才仁商定，等到姑娘成亲时，要以娘家人的身份，风风光光地让巴德文毛出嫁。

“巴德文毛，感谢你为我们家所做的一切，感谢你对我这些天的精心照料。遗憾的是，今后我不能亲自安排你出嫁成亲啊。”韩慧瑛说完这话时，巴德文毛早已泣不成声，变成一个泪人了。

2010 年 8 月 23 日凌晨 5 时，在玉树抗震救灾当中积劳成疾的韩慧瑛走完了她 48 个春秋的生命历程。当女婿索南才仁把韩慧瑛的骨灰抱进家里时，83 岁的韩玉德经不住这沉重的打击，当场晕倒在地上。77 岁的才仁永措撕心裂肺地放声大哭：“老天呀，你把我的心拔走了啊。该走的是我们啊，你怎么这么不长眼把我的宝贝女儿给收走了……”

韩慧瑛逝世的消息传到玉树州医院之后，全院职工悲痛万分。他们不相信那个永远面带笑容的、和蔼可亲的韩院长，竟抛下他们径自去了天国。一些深得韩慧瑛关照过的老病号们，一连几日簇拥在州医院的大院里，虔诚诵经，深情怀念他们共同的救命恩人。一些藏族老阿妈低泣着长叹：“老天啊，你为啥没有留住这样一个好人？以后我们的孩子病了再到哪里去看病呀……”

玉树州医院没有按照惯例举行隆重的追悼大会，这是因为韩慧瑛的亲属再三要求不给组织添麻烦了。

一个爱心天使就这样悄无声息地走了，却把无尽的哀思留在了三江源头、通天河畔和扎西科草原上。

这是记者在2012年底到玉树州医院采访时拿到的一份档案材料：

韩慧瑛，女，藏族，青海玉树人，生于1962年11月，1979年9月参加工作，1992年5月加入中国共产党。生前任玉树州卫生局党组成员、副局长，玉树州人民医院党委书记、院长，主任医师。是中共青海省第十一届人大代表，玉树州政协第十一届委员、第十二届常委，玉树县第十二届人大代表。

在北京和平里医院参观学习

韩慧瑛同志自参加工作以来，忠实履行“白衣天使”的神圣职责，在平凡的工作岗位上作出了不平凡的业绩。作为一名医生，她对技术刻苦钻研、精益求精。30多年来，她心系群众，时时刻刻“以病人为中心”，将全部心血倾注到医学事业中。韩慧瑛治病救人，医德高尚，并着力解决人民群众看病难、看病贵的问题，赢得了人民群众的交口称赞。作为一名院长，她锐意改革，推进科技创新，励精图治，克己奉公，勇当医院改革创新的急先锋，把智慧奉献给了钟爱的事业，成为玉树地区开展新技术、新项目最多的医生之一。韩慧瑛同志为人豁达，识大体、顾大局，勇于进取，清正廉洁，大公无私，对待职工和患者平易近人，团结互助，用毕生心血为玉树医疗卫生事业的发展作出了卓越贡献，用她短暂的一生书写了为人民服务的铮铮誓言。

作为一名医疗工作者，韩慧瑛同志视患者如亲人，竭尽全力为患者提供优质的医疗服务。她经常说：“一切为了患者、一切服务患者、一切方便患者，是我们医疗工作者的责任。”多少个深夜、多少个休息日，患者的需求就是命令，她毫无怨言地投入到工作当中，用自己过硬的医疗技术，一次次将患者从死亡线上拉回来；多少次当患者家庭因经济困难提出放弃治疗时，她主动用自己微薄的薪金为患者支付医疗费用，用无私的奉献和爱为患者提供最大的帮助。韩慧瑛同志在工作之余，不断加强自身学习，提升医疗技术水平，先后撰写了《小儿急性高原性肺水肿123例临床分析》、《过敏性紫癜合并心脏损害30例临床分析》等多篇论文，并组织带领全院职工积极开展了玉树州儿童健康普查等工作，对高原性儿科疑难重症进行深入研究，建立了玉树地区儿童健康网络，填补了高海拔地区儿童健康数据的空白，为高原性儿科疾病的诊治和抢救提供依据，确保了高原儿童的健康快乐成长。崇高的敬业进取精神使她成为玉树

福

地区儿科学科的带头人，成为玉树地区医疗卫生事业的中坚力量。

2001 年，走上领导岗位的她依然重事业、轻名利，从不以职位显示自己，依然勤勤恳恳、尽职尽责地履行医疗工作者的神圣职责，为医院及全州卫生事业的科学发展竭尽全力。在任期内，她重点加强人才队伍建设，培养青年骨干力量，狠抓医疗质量，改善服务态度，促进全院医疗质量显著提高，着力打造人民满意医院。在她的带领和严格管理下，医院整体医疗技术、服务态度显著提高。2005 年 1 月 3 日，玉树州境内发生特大交通事故，伤亡人数达 57 人，韩慧瑛沉着应对，组织领导全院职工，全力以赴开展抢救工作，圆满完成了伤员的救治、转运工作，受到了上级党委、政府的赞许和认可。

面对医院简陋的基础设施、医疗设备以及患者诊疗、住院条件差等问题，她多方奔走争取项目。为了能够及时地完成项目的审批手续，她多次连夜赶往省会，顾不上休息，就在各部门之间往返奔波。在她的努力下，门诊部扩建了，住院、医技、急救综合楼建起来了，高压氧舱建起来了，干部病房建起来了，全州第一台 DR 开始运行了……。

就在离开玉树返回西宁的那一刻，我的耳畔再次想起了玉树州医院员工们挥泪讲述的故事：自从韩慧瑛静静地去了天国以后，我们医院的很多人都不忍心将她的手机号码删除。“到底还留不留韩院长的电话号码呀?”姐妹们伤感地说，等过了五七或者百天再说吧？其实，大家心里都明白，这个电话里将永远不会听到韩大姐那个和蔼可亲的声音了。可是三年过去了，她们依旧保留着韩院长的手机号码。这究竟是一种什么样的情愫呢?

“韩慧瑛的病原本不是要命的病，就是自个给耽误的!”这是北京一位专家的哀叹。而与她朝夕相处的玉树州医院的员工们何曾不知道这些呢?

她爱玉树，爱得那样深沉执着；她爱玉树人民，爱得那样情真意切。即便是搭上一条命，她也无怨无悔，这就是韩慧瑛。

值得一提的是：1979 年，韩慧瑛参加工作后，因为好学上进，作风扎实，深得当时一位从北京下放到玉树州医院的儿科专家徐银梅的厚爱。她看好韩慧瑛是儿科领域不可多得的人才，于是对韩慧瑛关爱有加，在频繁的业务交流中，两人渐渐建立起了深厚的友谊。1982 年，韩慧瑛被委派到上海进修。两年后，韩慧瑛进修结业。正当她准备返回玉树之时，已经调回北京的徐银梅突然打来电话说，她已经在北京和上海为韩慧瑛联系好了工作单位，任韩慧瑛选择。

什么是人生？人生就是选择！如果当时韩慧瑛接受这种选择，对于个人命运来说，也许就是个转折点，但是，韩慧瑛婉言谢绝了老专家徐银梅的一番美意，并诚恳地告诉她：“徐老师，我真的离不开父母，也离不开玉树。”之后的几年中，徐银梅一直还在念叨，如果韩慧瑛想到内地寻找一个更好的业务发展平台，她一定会鼎力相助的。2010 年春节，徐银梅邀请韩慧瑛一家到她的上海别墅过年时，再次提出了愿意帮助韩慧瑛到北京或上海工作的建议。可韩慧瑛心怀感激地说：“感谢徐老师的良苦用心，我是高山顶上的一朵雪莲花。只有生活和工作在生我养我的故乡，我的生命才有别样的精彩!”

多么朴实的话语啊！滴水之恩，涌泉相报，这就是韩慧瑛做人的本分。其实，作为玉树州医院儿科的顶级专家，韩慧瑛在自己的人生路上，正是因为舍不得玉树和玉树人民，她多次婉拒了省内外很多医院的诚意邀请，放弃了太多、太多的机会。这就是一个共产党人的本色，她把个人的命运和当地人民的利益紧紧联系到一起，她不愧为玉树人民的优秀女儿。

爱是不能忘记的。尽管韩慧瑛同志对党的事业的忠诚、对医务工作的热爱、对玉树人民的深情厚谊，我们无法用一些记忆的碎片去描绘还原，但是韩慧瑛同志用年轻的生命，为玉树抗震救灾谱写的一曲悲壮的时代新曲，将会永远载入史册！

韩慧瑛，你在哪里？

坐在航行的机舱里，我仿佛听到了群山在呼唤，江河在呼唤……

极限跋涉

——才仁松保：那个已然远去的康巴汉子

古岳

元旦前夕，我突然接到一个任务，去采访一个人，而这个人已经不在人世了。早在两个多月之前，他已经永远地离开了这个他曾为之纠结、牵绊、付出和热爱的世界。在短短 49 个春夏秋冬里，他把自己所有的一切都献给了这个世界，直到耗尽最后的一点力气和心血。

那么，我到哪里去找寻这个人呢?

循着他一路跋涉而来的足迹，我找寻那个身影。杂多、阿多、下拉秀、玉树，这些都是他人生的驿站。我一路追寻而来，而身影何在?

望着他一路决然而去的远方，我寻觅一个方向。而方向何往?

玉树、西宁、北京，他一路走远；而后，北京、西宁、玉树，他又一路归来。我一路追寻。问天问地，问山问水，问路人，问亲人，问同事，问好友……问他的所在，问他的去向……

才仁松保同志

一个梦想：他要成为草原上的一个好医生

那是三年前的 4 月 13 日晚上，大约在晚上 10 点左右吧，当才仁松保走进玉树县妇幼综合医院之后，他没有像往常一样，径直走向办公室，而是在院子里走了走。不知为什么，这天晚上，他特别想看看医院的样子。虽然，对医院里的一砖一瓦、一草一木，他熟悉得就像自己身上已经穿了多年的那件蓝西服，那里渗透了他的心血。

那件蓝西服是医院发的，所有医护人员都有一套。其他人穿了几次之后就很少再穿了，而他从第一天穿上之后，就再也没有脱下过。衣服已经很旧了，上面的颜色已经褪了很多，原来的深蓝色已经变成蓝中透灰的样子。如果不是人们还记得它原本的颜色，就根本看不出它原来的样子。可是，他总也舍不得脱下，无论是在医院还是在家里，也不管是去出差还是去开会，他一年四季都穿这一件衣服。他的同事和朋友们，即使在人群中，只要大老远地一看见那件衣服，就会认出

他来。好像那已经不是一件破旧的衣衫，而是一个鲜亮标志。而且，他从来不系皮带，裤腰里总是缠着一根布带。

为此，很多人都当面劝过他，让他换一件衣服。尤其是和他一起到外地出差的那些同事们，在很多场合，看着这个带领他们的人穿成那个样子，甚至觉得有点不好意思。但是，他总是说，自己太胖了，没有太合身的衣服，就这件最合身了，穿得时间长了，也就习惯了，不想换。

他真的很胖。与他一起上过学的同学回忆说，他 17 岁时，就已经有了 90 多公斤的体重。从那以后，身高并没有增加多少，还是停留在一米七三左右，而体重却一路走高，一度曾逼近 150 公斤之多。在所有熟人的眼里，他就是一个庞然大物，坐在那里时就像一座小山丘。一般来说，这样一个人平时走个路什么的一定很困难，可是，他的同事们告诉我，他不是这样。

有一年，医院医务科科长珠扎来西和他一起到安徽太和县进药时曾领教过他行走的速度。无论走到哪里，除了坐火车和长途班车，只要迈开双腿能走到的地方，他都要坚持走路，而不会搭乘别的交通工具，更别说是搭出租车了。他说，走路省钱。省下一点钱，就可以多进一点药。珠扎来西心想，你那么胖，能走动吗？可是，当他们真正迈开步子往前走的时候，只见他那两条腿就像鼓槌敲鼓一样，一溜小碎步，变换频率之快令人瞠目。没走多远，他就已经把大伙儿都远远地甩在后面了。他们看见，他一边飞快地赶路，一边不时地扯下搭在肩膀上的那条毛巾擦汗。那是个夏天，他们这些长期在高海拔地区生活和工作的人，受不了内地的炎热，不一会儿，汗水就湿透了衣背。“胖子”——很多人都这样叫他——才仁松保的汗水淌成了河，直接往地上流淌着。

那个时候，医院的药品全部都要自己采购，为了减少中间环节、减轻患者的药费负担，才仁松保一直坚持直接到厂家采购，而且，

医院不设专门的采购员，每次他都要亲自去，而随行的人员每次都是不一样的。他说这样可以互相监督，从而避免出现不必要的漏洞。医院里很多人都有珠扎来西一样的记忆，无论到了什么地方，他们都要住最便宜的旅店，吃最简单的饭。

就在才仁松保这样的精打细算和苦心经营中，医院的规模一天天发展壮大。经过多年的努力，他终于把一所总资产不足 50 万元、像一所卫生所一样的小医院变成了一家拥有住院部大楼、门诊大楼

才仁松保同志的弟弟才仁扎西对记者说："地震期间，
才仁松保的工作没有白天和黑夜之分，办公室就是他的家。"(视频截图)

和传染病大楼，建筑面积超过 6 000 平方米、固定资产超过 1 500 万元的综合医院。2009 年，医院接诊人数达到 22 721 人次，住院病人 2 538 人次，床位使用率 100%。医院的面貌与他上任前相比已经发生了质的飞跃。

那天晚上，走在医院里时，他心里有一种说不出来的喜悦。

看着夜色中灯火通明的医院，想到医院在短短几年间翻天覆地的变化，他高兴啊！而他更高兴的是自己赶上了一个可以大显身手、大有作为的美好时代。

一想到在未来的日子里医院可能会成就更加辉煌灿烂的事业，为玉树各族人民的身心健康作出更大的贡献，尤其是为那些贫困农牧民患者提供更好的健康服务时，自己好像有使不完的劲儿，很多时候，他为此激动得无法入睡。这可是他一生的梦想啊！

他还记得自己八九岁的时候，发生的一件小事。在玩耍时，他不小心弄伤了自己的大拇指，像是很严重，要去医院治疗。那时，因为父亲在杂多县工作的缘故，他们一家人也都在那里。可在当时，偌大的一个杂多县城，就连这样的小伤都治不了。父亲就陪他到几百公里以外的州医院去看他的手指头，那是他第一次去医院。尽管现在从杂多县城到玉树州上，顶多两三个时辰就到了，可那天，他们坐长途汽车走了整整一天才到州上。虽然，那个时候的玉树州医院还不如今天的一个乡镇卫生院，但在他看来，那却是个非常神奇的地方。那些穿着雪白色长衣服的医生和护士就像天使一样和蔼可亲。就在州医院的那几天里，他萌生了一个愿望，自己长大了一定要当一个医生，也穿着雪白的长衣服，在州医院那样的地方工作。

一眨眼功夫，他就要中学毕业了，他甚至感觉自己的理想快要变成现实了。但是，依照当地当时的教学条件和教育质量，他要考到一所很好的医学院就读几乎是不可能的。权衡再三，他报考了青海省卫生学校。毕业之后，他被分配到杂多县阿多乡卫生院工作。他如愿以偿，当上了一名医生。可是，现实要比梦想中的样子要残

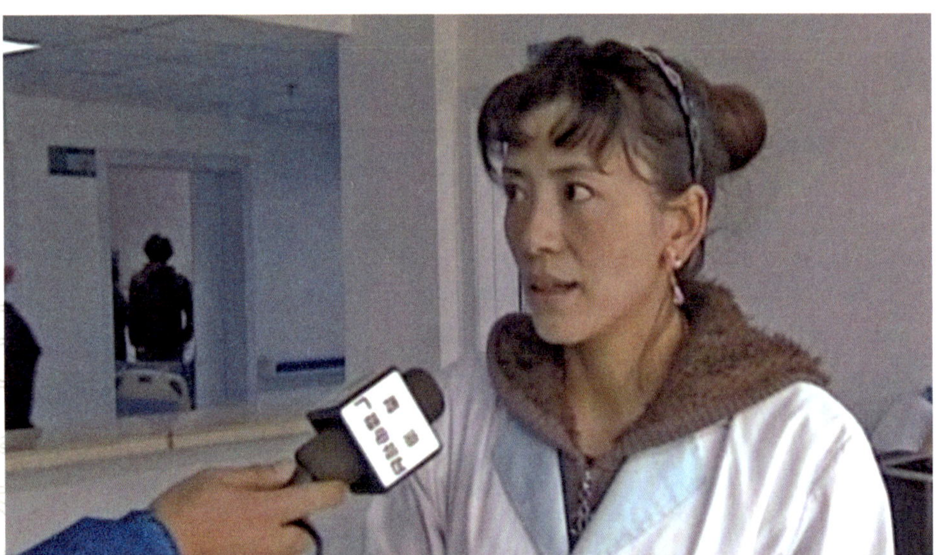

玉树八一医院医生郑燕在接受记者采访时说："才仁松保同志因为不放心病人的病情，一边在打吊针、输氧气，一边还坚持工作。"（视频截图）

酷得多，阿多乡卫生院里看不到他曾在州医院所看到过的情景。几间破旧阴暗的土坯房、几把破旧的桌椅、一个听诊器、一个出诊用的小药箱和一点点常用药物几乎就是全部了。而且，一年中的大多数时间里，他是这个卫生所惟一的医护人员。可是，他依然很开心。虽然条件艰苦，但他毕竟当上了一名医生。成为一名医生，不就是他人生的最大理想吗？初衷不改，无怨无悔。

在阿多草原上行医的那几年里，他常常要不分白天黑夜地忙碌才不至于愧对那些急需救治的贫苦患者，要知道，那都是自己的骨肉同胞。每每看到那些因为一点点小病就酿成大患甚至丢了性命的同胞，他心急如焚。

阿多在澜沧江源区，是一片广袤的草原，牧人们分散居住在上万平方公里的旷野上，即使有病了也很难到乡卫生院来就诊。他就得经常到草原上巡诊，一次巡诊三五天能走回来算是很快了，走上十天半月也是家常便饭。草原上巡诊需要骑马，可是他太胖了，加上高寒缺氧，骑在马上走不了多远，他就能听到马已经不堪重负，呼哧呼哧的，快喘不过气来了，像是随时准备着要倒下的样子。马肚子上流淌的汗水浸透了他的裤腿。他不忍心继续骑在马上，就牵着马行走。要是在白天，或者天气晴好的夜里都还好，但要是在黑夜，再遇到雨雪天气，那就很糟糕了。路难走不说，有时候可能还会遇到迷路或者遭遇狼群什么的危险。他弟弟才仁扎西回忆说，有很多次，他都差点没能走回来。才仁松保疼他这个弟弟，兄弟俩什么话都说。

可即便是这样，他要做一名好医生的信念不仅从未动摇过，而且，越来越坚定了。阿多草原用它的野性和原始磨砺着他的意志。就是在阿多草原上，他有了一个新的梦想，梦想有一天，自己能在玉树大草原建一座最好的医院。

那天晚上，走在医院的院子里，想起这些往事时，他感觉自己是个非常幸运的人。以往所走过的路和正在发生的一切，几乎就是依照自己的心愿在一天天地接近曾经的梦想。可谓天随人愿，这该是一个多么值得庆幸的事情啊！

后来，阿多草原上的牧人开始传说他的故事，说他是一个慈悲的好医生、好曼巴。可能就是因为那些善良牧人的这些传说，他被调到杂多县医院，很快成了那里的一名业务骨干。再后来，组织上考虑到他父母的请求，将他调到了玉树县所辖的下拉秀乡卫生院。说实话，虽然下拉秀乡离州上、离父母都近了，但是，下拉秀乡卫生院的条件甚至还比不上阿多乡卫生院。好在他并没有离开自己热爱的事业，他依旧可以为自己的患者尽心尽力。

下拉秀在传说中，就是《西游记》里那个神秘的“女儿国”。他在这片美丽的草原上一呆就是三年，三年里，他把一所几乎一无所有的草原卫生院建成了全玉树州最好的乡镇卫生院。

与才仁松保在下拉秀乡卫生院共过事的索南永珍告诉记者，在下拉秀乡时，他们也经常到草原上巡诊，有时候，还会为一个偶尔听人说起的患者专门找到他所在的草原上去出诊。一次，一个从钻多草原到乡上办事的牧人告诉才仁松保，说他们那里有一个孩子已经十四五岁了，却一直躺在帐篷里动弹不了。第二天，才仁松保就找来一辆车，与索南永珍一起到钻多草原上寻找这个患者。

他们在草原上左突右拐，走了大半天的路，才找到这个患者家的帐篷。这是一个特别贫穷的牧人家庭，那孩子应该是因为营养不良引起的疾病，原本可能只是一些小毛病，拖得时间久了，就成了大病，必须得住院治疗。可他们家里没办法，别说是没钱给他看病，就连送他去医院也不大可能。

才仁松保当即决定要把他接到乡卫生院进行救治。他们家里没人陪护，才仁松保就告诉他们家里人：“我来照看，等病情好转了，再把他送回来。”

这个孩子在乡卫生院一住就是半年时间，才仁松保除了每天要给他针灸、吃药、打点滴之外，还要操心他的吃饭穿衣，所有的费用都由才仁松保自己垫付。半年之后，这个一直没有站起来过的孩子终于可以拄着拐杖走路了，也不再感到疼痛。才仁松保这才把他送回到父母亲身边。

索南永珍说：“才仁松保为这个孩子所付出的心血不是用一两句话就能说得清楚的。而且，在才仁松保身上像这样的事每年都会发生一两件的。至于他为某个贫困患者垫付点医药费什么的事情，几乎每天都会有。多少年下来，这样的事情多得已经数不清了。”

阿多草原的牧人们曾经传说的那些故事，又开始在另一片草原上更广泛的流传。这些传说，最后又使他离开了下拉秀，来到了玉树县妇幼综合医院，成了这里的一名副院长，很快又成了院长，兼任玉树县卫生局副局长。那是1995年的事情了。

妇产科护士长卓尕才珍记得，那是五六年以前的事了。那时，他已经在县妇幼综合医院工作。一天下午，从四川石渠草原上来了一个年轻母亲，怀里抱着一个一岁多的孩子，那是她的第一个孩子。孩子患的是肺炎，已经病得很重。是才仁松保给他看的病，在医院住下，挂上点滴之后，没一会儿针就滚了，又扎了一针，又滚了。才仁松保就坐到孩子身边，一直小心地握着孩子的手，看护着。还对卓尕才珍说，这母亲没有经验，我们两个就多照看一点。那天晚上，他一直守在那孩子身边不曾离去，直到天快亮了，孩子终于脱离危险，他这才放心地离开。

但是，此刻正走在医院院子里的才仁松保却从没有想起过这些事情。

所谓医者仁心，对他或者对一个医生而言，这些事情再平常不过了。他一直告诫自己的同事们，所有患者都是我们的衣食父母，对他们报以怎样的关怀和厚爱都不为过。

但是同事们记得这些，他们没有忘记，也不会忘记。

他们还记得，他常说的一些话。他说，玉树的父老乡亲几乎都是信教群众，他们都怀有慈悲之心，都讲行善积德，平日里还通过点灯、磕头、念经和转嘛呢来表达自己的祈愿和善念，以求未来的福报。“我们都是救死扶伤的生命卫士，我们行的就是大善。所以，我们一定要把慈悲心用到病人身上，说他们听得懂的话，把他们当成自己的亲人，善待他们。救人性命，就是行善积德。只要把祛除大众病痛的事情办好，不用磕头、念经、转嘛呢，同样能够达成善愿，求得功德圆满。这是一项多么光荣神圣的事业啊。”

他在医院里走了很长时间，走到办公室的时候已经是午夜时分了，也就是说，时间已经到 4 月 14 日了。他躺在床上休息了一会儿。自从多年前，三个孩子到西宁读中学，妻子要在西宁的家中照

八一草原寄宿学校

顾孩子，他就索性住在了医院里，办公室也就成了他的家。凌晨 3 点多，他怎么也睡不着，就起来到住院部楼上看那些病人。转了一圈，再次回到办公室时，已经凌晨 4 点多了。

凌晨 5 点 20 左右，玉树第一次地震。才仁松保愣了一下，马上，他就反应过来了。未及细想，他立刻冲出办公室，向所有值班医护人员下达了一道命令：立刻将所有病人转移到楼下的空地上。当时，还有人不解，说不过是一次很小的地震，没必要小题大做。可是，他坚决要求立刻转移病人。大约半个小时之后，所有的病人都已经转移到楼下开阔的空地上了。

7 点 49 分，一次更大的地震在玉树降临。整个结古镇瞬间被夷为平地，那个记忆中宁静安详的高原古镇变成了一片废墟……

事后，才仁松保心想，如果他不是在医院里，如果没有那些病人，他或许也不会有那样的警觉。那天早上，许多的玉树人正是因为没有这样的警觉才失去了自己的生命。而在这所医院里面没有一个人伤亡……

但他多年的心血却已化为乌有，他心如刀绞。

事后，理疗科医生尕松永措想起过多年以前的一件事情。那时，医院的那座医疗综合大楼正在建设。一天下午，她下班后正准备要回家时，看见才仁松保正在大楼施工工地上拿着一个水龙头，冲洗刚刚浇筑好的大楼地基。她大惑不解，半开玩笑地劝道："这些事让建筑工人干就行啦，你凑什么热闹啊?"

他说："他们不用心。你看这上面有这么多泥土，不用水洗干净，这楼房能牢固吗？我要建一座能抗八级地震的大楼，不能有半点含糊。"

地震过后，人们发现，玉树县妇幼综合医院的几栋楼房都没有倒塌，尽管，有一栋小楼成了危房，尽管，重建规划中将整座医院都列在重建项目中，但是，尕松永措永远不会忘记多年以前的那个场景。她为自己能有这样的记忆庆幸，也为整个医院庆幸。

另一个梦想：他要建一座最好的医院

在才仁松保的记忆里，那天早上就是一个噩梦。

一个又一个死讯传来时，他正在组织全院医护人员从危房中抢救那些药品和医疗器械。他很清楚，在一场突如其来的大灾难面前，那些得以幸存的药品和器械就是生命。如果能多抢救出一点药品和器械，就意味着能多救一个人的生命。为此，即使付出再大的代价也是值得的。

在和同事们抢救那些珍贵的药品和其他物资时，他抽空给父母亲打了个电话，电话打不出去。他想，该不会出什么事了吧。他自己家里没人，大不了就是房子全塌了。倒是父母亲年纪大了，腿脚不灵便，而且他们的房子也不结实。千万别出什么事啊！他正在心里这样念叨时，看见门卫走了过来，就对他说，你到我父母家看看，

有没有啥事？之后，又去抢救那些物资了。

价值 700 多万元的药品和医疗器械差不多全都从危房中抢救出来了，其中包括一台 X 光机和一台老旧的 B 超机。他又组织大伙儿去抢救那些病床，说一会儿就要救人了，急需那些病床，不能把它们埋在废墟里啊！在他们冒着生命危险抢救出来的这批物资中，还有一台老式的锅炉和几十把破旧的椅子。这些物资整整拉运了几十辆大卡车才运完。

副院长尼玛回忆说："这些物资大部分都在一栋快要倒塌的小楼内。那个时候，余震不断，我们每一次进到那里抢救这些东西时，随时都冒着生命的危险。但是，才院（才仁松保）说，那些东西比

我们的生命还珍贵。”

事实证明，在随后展开的抗震救灾和灾后重建中，那天早上他们所抢救出来的每一样东西都派上了大用场。如果没有及时抢救出那些药品、器械和其他物资，在接下来展开的救人行动中，他们将会一筹莫展。

在大部分东西快要搬出来的时候，门卫跑回来对才仁松保说，他父母家的房屋全塌了，他的父亲、侄女等 4 位亲人被埋，已经全都挖出来了，没有什么大碍，伤得不重。他听后长出一口气说：“万幸啊！既然家里没什么事，我就可以专心忙医院的事了。”

后来，他才听别人说，他父亲和几个被埋在废墟里的亲人是他弟弟和住在隔壁的副院长尼玛两个人挖出来的，而尼玛自己的父亲却没能获救。在省卫校读书时，尼玛与他就是上下届的校友，现在又成了同事，平日里的关系就非同一般。虽然，他们经常为工作上的一些事情争吵，但心里都很珍惜这样的缘分。才仁松保在医院里有一群这样心贴心的同事，在生死攸关的关键时刻，他们总是能想到别人，他为之感到骄傲和自豪。

这是一家只有 41 个正式编制人员、60 余名临时聘用医护人员的小医院。地震时，住在医院之外的医护人员中已有 46 人失踪，有 5 人已证实死亡。这场灾难的严重程度已经大大超出了他们的想象。才仁

松保在医院的空地上向所有已经集结起来的医护人员大声说道："得赶紧组织救人啊。救人是我们的天职，一刻也不能耽搁了！"

震后不到两个小时，才仁松保和他的同事们已经组成 5 个抢险救灾应急医疗救援队，分赴结古镇各个重灾区开展医疗救援、抢救生命。这是玉树灾区出现的第一支医疗抢险救援队伍。一个又一个在地震中造成重伤、生命垂危的人得到了及时的抢救。

与此同时，在第一时间，他们在玉树县第二完小的草场上搭建了帐篷医院，搭设临时床位 30 张，这是整个玉树灾区出现的第一所帐篷医院。

这所临时搭建的帐篷医院在震后 78 小时之内抢救的人员近 2 000 人，其中 1920 多人成功获救，有 71 人因为血源枯竭和找不到白蛋白而死亡。以救死扶伤为天职的才仁松保和他的白衣天使们，曾时刻守护在这些生命垂危的骨肉同胞身边，一刻也不曾离开过，当他们眼睁睁地看着一个个同胞撒手人寰而无力回天时，他们都快要急疯了。那时，才仁松保曾想过，如果他可以替那些同胞去死而能为他们争取到活着的机会的话，他情愿自己去死。

在接下来的日子里，这所功勋卓著的帐篷医院曾多次搬迁，先是从帐篷搬到帐篷，而后又从帐篷搬到板房，接着又搬到部队救援的方舱医院与人民子弟兵并肩战斗。随着一次次的搬迁，他们救治的伤病

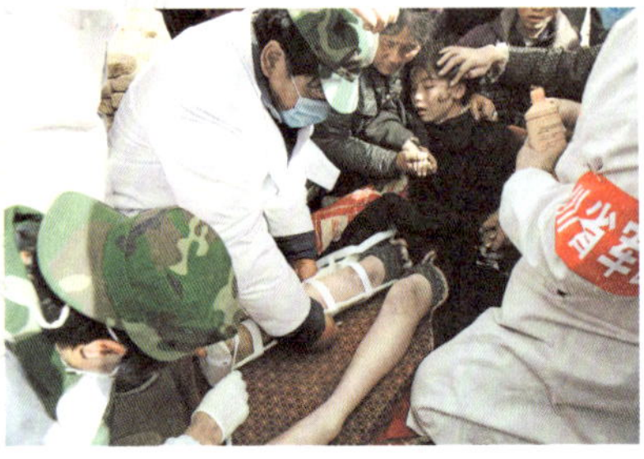

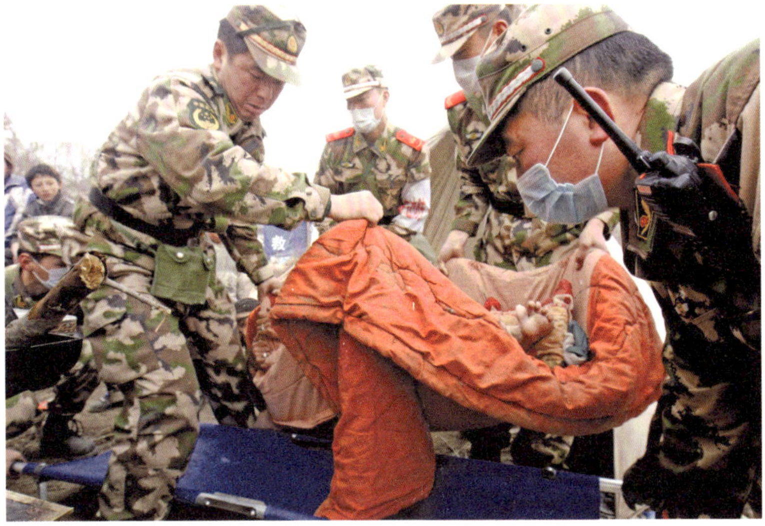

员也越来越多。先后接诊伤病员 4 300 余人次。

震后第三天，他发现临时医院对面执勤的那些成都特警战士，已经连续站了二十几个小时。他非常担心他们的身体，抽空给他们送去了一些水和酸奶。临别，还一再叮嘱：“你们一下子从那么低的地方来到高海拔地区，这样劳累会伤身体的。我是一名医生，就在你们对面的帐篷里，要是发现谁有点不舒服的话，赶紧来找我啊。给，这上面有我的电话。”说着，顺手递过一张纸条。

当天晚上，特警何落因为高原反应引发肺水肿。才仁松保带着救护车去接他到医院抢救。当这位特警战士的病情稍有缓和的时候，才仁松保对他说：“我得去告诉你的领导，不能让你继续在这里工作了，你必须回到后方修养。”

而在震后的 78 小时之内，才仁松保只睡了不到两个小时。有好几次，他感觉自己快要晕倒了，可是，有那么多伤员在等着救治，还有那么多从祖国各地火速赶来的救援队伍也吃不上饭、睡不成觉，

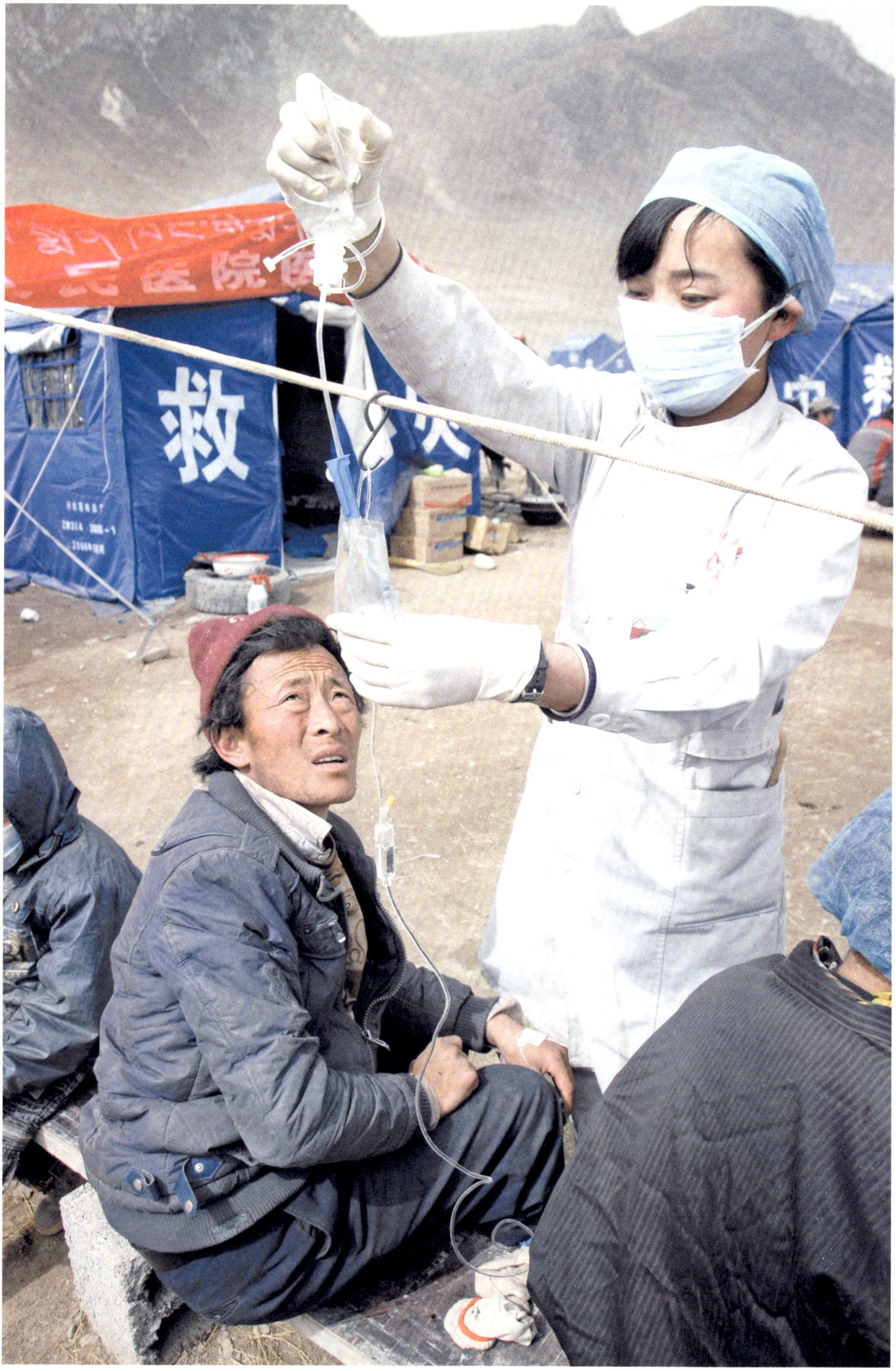
医院
救

还在拼命地救人，他能倒下吗?

才仁松保的身体原本就不太好，早在多年以前，就已患有高血压、糖尿病、冠心病、脑梗塞、下肢静脉曲张、高原红细胞增多、睡眠呼吸暂停综合征、心肌梗塞、肺气肿等大大小小十几种疾病。因为长期在高寒缺氧地带拼命工作，有些疾病已经到了非常严重的程度。但是知道这些病情的人，除了他自己和给他看过病的医生很清楚之外，再就是他的妻子和弟弟也稍稍知道一些，其他人都不知道。有时候，同事们看见他嘴唇发青、喘不上气，关切地询问时，他总是笑呵呵地说："没什么，就是胖了的缘故。"

可是，玉树地震后，连续几天白天黑夜的过度劳累使他所有一直隐瞒着的病情再也无法瞒过同事们的眼睛了，毕竟，他们都是一直与疾病、与病魔战斗的生命卫士，守护过很多人的生命。尤其，当那天他因为疼痛无力支撑而昏倒在帐篷医院里之后，医院所有的医护人员都意识到，他们院长的身体已经快不行了。

医院几乎所有的人都来劝过他，让他离开玉树去省上的医院检查检查，看看自己的病，顺便也好好休息一下，因为，他太累了。不能再硬撑了，再撑下去，会出大事情。但是，他却平静地说："我是一名医生，现在这里到处都是病人和伤员，我怎么可能因为自己的一点点病痛离他们而去。再说了，我对自己的身体心里有数，我不会有事的，你们就放心吧。"

他说的确实是自己的心里话，但他只说了一半，另一半他没有说，也不想说。

他觉得，与其说出来让大家为他担心，还不如留在自己心里，让大家全身心地去挽救别人的生命。何况，作为一家医院的院长，他还肩负着一种特殊的使命，这种使命因为一场灾难而显得尤为神圣。这无疑是一种严酷的考验，有那么多人在这场灾难中失去了生

民政救灾
中国铁建

命，还有那么多人正面临生命的危险。要知道，生命对每一个人来说，都是一样的珍贵。对他是，对别人也是。那么，他还有选择吗？即便有，以他才仁松保的为人，以他一贯坚守的一种品质，他能够做出另外的选择吗？

他又何尝不知道自己的病情呢？这几年，在省上几家医院悄悄检查和看病时，那些有着丰富临床经验的同行们就不止一次心疼地提醒他，说他不能继续在玉树那样高海拔的地区工作了。最后一次去一家医院检查时，楼道里遇到一个熟悉的医生朋友，大老远就对他开玩笑地喊道："倔胖子，你还活着啊？我以为你早已离开我们了。"

可他更知道自己的职责和心愿，他一生最大的梦想就是当一名好医生，后来，又有了一个更大的梦想，建一所最好的医院，为所有有钱和没钱的病人好好看病。他活着就是为了实现这个梦想，而这个梦想几乎快要全部实现了。对一个人来说，还有比这更幸福的事情吗？他想是没有了。夫复何求？

再说，长期在玉树这样的地方工作的人，哪个人的身体又没有点毛病呢？他们不都在苦苦坚守吗？没有一个人因为自己的身体不好而脱离工作岗位。

别看才仁松保五大三粗的样子，他却是个很细心的人，他清楚医院里的很多人都患有这样或那样的疾病，能说得出每一个人所患的疾病和严重程度。他每天从早到晚对每一个所见到的同事都会问一个很具体的问题，那就是他们的病情，这些病情千差万别，但他从不会记

错，甚至对他们家里每个人的健康状况也是一清二楚。问完病情，他还会给出一些积极的建议，说哪里有一种药，哪里有一种新的治疗方法对你可能会有帮助等等，有时候，他还会从网上下载一些地址什么的给他们。

内科主任尼样卓玛的父母身体不好，而且年纪大了，要是没有人操心，老人经常会忘记吃药。才仁松保每次见到尼样卓玛都会问她父母的病情，还给她出主意，让她找几个瓶盖，把他们要吃的药

分别放到瓶盖里，再把这几个瓶盖放在他们容易看到的地方。说这样他们就不会忘记了。

妇产科主人扎西拉毛说，他是个和蔼可亲的人，就像自己的哥哥一样。所以，我们每个人无论遇到什么样的事情都愿意跟他说，他也愿意听。“我有风湿性关节炎，只要天气稍有变化，他都会问我，今天腿有没有疼。”

说到这里，她停顿了一会儿，再次说话时声音有点哽咽：“他把我们每个人所有的事情都想到了，就是没想过他自己。现在想起来，我们都很后悔，他几乎天天都在问我们的身体怎么样，而我们却很少问过他的身体情况……没想到他竟然病得那样严重！"

康赵吉，手术室护士长，很年轻，一名在抗震救灾的火线上入党的年轻共产党员。她父母也有糖尿病，他们都知道才仁松保的病情已经非常严重，也经常提醒她要多劝劝自己的院长，让他别太累着。她也劝过，可是才仁松保不听。他说："你们就放心吧，我不会有事的，我这个老党员要是出事了，你们这些小党员就没人带了。"

这样的事，要是偶尔发生一次两次，并不足为奇，但要是它每天都会发生很多次，让身边所有的人都意识到这些看似平凡琐碎的小事情的意义，那它就不是一件小事了。1月初，我住在他们医院采访的一两天里，医院很多人都给我讲过这样的故事。几乎所有的人在讲述这些往事时都禁不住热泪盈眶。

他弟弟才仁扎西告诉我，震后一个月之内，他没有回过家。父母亲经常让才仁扎西去看他，每次去都看见他忙得连说几句话的时间都没有。偶尔跟妻子通电话时，妻子在电话里一遍一遍地哭着说："你自己要注意身体啊！"

中国水电三工区
中国水电
SINOHYDRO
金梁
中国水电

细心的同事们留意到，他那肥胖的身体正在一天天消瘦，原来紧紧贴在身上的衣服日渐宽松，快要挂不住了。大约在几个月之后，他的腹部和胸部开始出现剧烈的疼痛。一开始他还忍着，不愿意张扬。那临时搭建的板房不隔音，隔壁的同事们经常在半夜里听见他忍不住疼痛而发出的声音。

这样熬过了十天半月之后，他再也熬不下去了。

护理部主任秋吉回忆说，一天夜里，快凌晨3点，才院长打电话给值班医生说，他有点疼，问能不能给他打一针杜冷丁。医生吓坏了，心想杜冷丁是什么药啊？医院一般只给那些实在受不了疼痛的危重病人才用这种特殊的止痛制剂。才仁松保是个经验丰富的医生，兼通藏、中、西医，他不可能不知道。值班医生赶紧带着秋吉一同去看，只见他扭曲着身子，脸色蜡黄，全身冒着虚汗，衣服都湿透了。在同事们眼里，他是个特别能忍耐的硬汉子，是什么样的疼痛才使这样一个硬汉变成这个样子的呢？

从那天夜里开始，他几乎每天都要插着吸氧管、挂着点滴才能工作。而且，几乎每天晚上他都要注射一支杜冷丁才能勉强忍住疼痛——再后来，一支杜冷丁都没什么作用了，就再加大剂量。可能是因为大家都太忙的缘故，一开始，人们甚至没有很在意他怎么会成了这个样子。也许是因为天天都看见他这个样子，久而久之大家有点麻痹了，并没有细想过他病情的严重程度。现在，他的这个形象已经成了所有同事们心里永远挥之不去的一个记忆，像一尊雕像。

时间在一天天过去，才仁松保却一天比一天忙碌。先是抗震救灾，紧接着更繁重的灾后重建工作拉开大幕，学校和医院的重建摆到了整个重建工程的首要位置。解放军和武警部队已被确定为他们医院的援建单位。医院的重建已经开始，人民子弟兵要在地震的废墟上帮助他们建一座更好的医院。

所以，这家原来叫玉树县妇幼综合医院的医院，其重建之后的名字就改成了“玉树八一医院”。这不仅是才仁松保和他们医院的意愿，也是整个玉树人民的意愿，他们要用这种特殊的方式，使这家用爱心在地震废墟上建成的医院成为一座永久的纪念碑，来铭记人民子弟兵的无私大爱。

根据规划设计，这家重建的医院总占地面

积 18.96 亩，总建筑面积达到 1.79 万平方米，设有 200 张床位。其中医疗综合大楼的建筑面积为 1.28 万平方米，整体设计为地下一层、地上八层，局部九层，总高为 35.7 米。在未来玉树的医疗战线也绝对算得上是一个标志性工程。

才仁松保的梦想要再次变成现实了，为此，他常常激动得彻夜难眠。当然，更加沉重的担子也不断地压在了他的肩上。从这一天开始，他还不能只是呆在临时搭建的板房医院里，插着吸氧管、打着点滴给病人看病和办公了，他还得为工程招投标、奠基开工、设备配置这样的事情奔走，要不停地跑工地，不停地与部队和地方领导沟通协调，疏通解决在

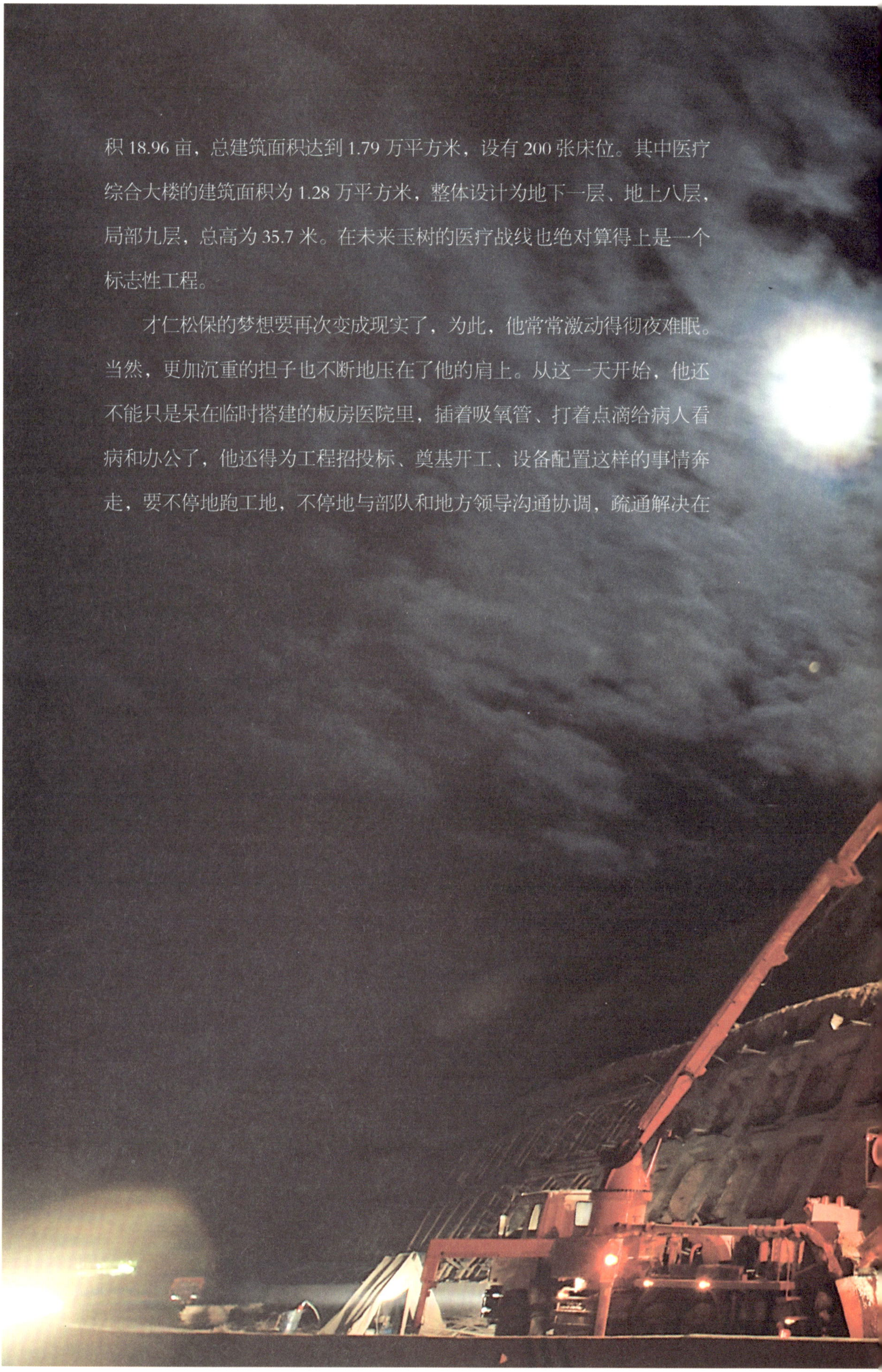

拆迁和施工中遇到的各种意想不到的障碍和困难……

在医院进入施工阶段以后，他每天至少要到工地上跑上五六次，每一次跑工地，他都几乎要耗尽全部的力气。几个月的时间里，他的体重已经下降了近 70 斤。

这是一项非常繁重的任务。但是，很显然，他那曾经坚固厚实的肩膀已经很难继续承受这样的重担。可是，他不能临阵脱逃。只要还没有倒下，还有一点力气，他就是硬挺也要挑好这副担子。

期间，几乎所有熟悉他的人都曾反复地劝他，让他挤出点

时间，到省上的医院检查一下身体，顺便也休息一下。可是，他每次都说，现在医院的重建任务这么繁重，千头万绪，哪能走得开呢？等医院建成开业了再说吧。

118 天之后，玉树八一医院正式建成。在高寒缺氧、年有效施工期不足半年的玉树高地，这是一个了不起的速度，被认为是整个玉树灾后重建的样板工程。它不仅见证了解放军和武警部队的无私大爱，同时也见证了一个人生命的极限跋涉。

可能是因为肥胖的缘故，才仁松保曾经是个特别能吃的人，饭量大得惊人。无论吃什么东西，他都会一边吃一边不停地赞叹："真香啊！"以前，跟他一起吃过饭的人都记得这样的情景。即便是他一个人吃饭，他也总是会自言自语，说今天不怎么饿，吃不了多少，先来 3 斤牛肉吧，垫垫再说。有人见过他吃包子，说别人顶多能吃六七个的包子，而他一口气可以吃掉几十个。

可就是这样一个饭量大得惊人的壮汉，最后却一点也吃不下东西了，而且常常呕吐不止。在才仁松保已经离开人世的日子里，进行这次采访时，我一直不停地想一个问题，对他而言，吃饭也许可

2012年8月28日四川绵阳科伦医药贸易有限公司总经理马明(左)重返玉树,与玉树八一医院院长才仁松保(右)再度握手

以被理解成是一种莫大的享受，可在最后的那些日子里，他什么都咽不下去了。他究竟忍受过怎样的煎熬呢?

大约是从医院重建工程开始之后，他不再参与任何形式的应酬活动，尤其是饭桌上的应酬。人们一直以为是他工作太忙，顾不上，直到后来人们才发现这只是原因之一，而另一个原因是，他吃不下东西，只要吃进一点东西，就开始呕吐。他不想让别人看了难受。

近一年多时间里，他只参加过一次吃饭的活动，因为那次活动太重要了，他不能缺席。那是在医院建成开业的前一天晚上，为这家医院倾注了巨大心血的人民解放军、武警部队的很多首长、省上和州上的领导以及很多爱心人士都专程前来参加开业典礼，晚上要一起吃个饭，还安排他在席间致辞表达谢意，他不能不去。

玉树县副县长尕玛才仁说，晚宴正式开始以后，他除了招呼客人，就一直那么坐着，没有动过筷子。后来，看见他吃了一点馍馍。然后，对尕玛才仁悄悄说，他要去一下洗手间。回来后说，他还有

救灾

点事，得先走。尕玛才仁发现，他脸色很不好，感觉像是很不舒服。晚宴结束后，尕玛才仁就去医院看他。这时，他才说，刚才吃了点馍馍，吐了，现在好一点了。

第二天，新医院就要开业了，才仁松保终于等到这一天了——有很多次，他都想过，自己可能等不到医院开业了。而现在，医院终于建成开业了。对玉树来说，这只是众多重建项目中的一个，而对他来说，这却是他最大的一个梦想，当然，也肯定是最后的一个梦想。

那天晚上，当他和副县长尕玛才仁商量完第二天开业典礼上的每一个细节，送走了尕玛才仁，已经是凌晨一点多了。像往常一样，他叫来了值班护士，给他注射了一支杜冷丁。夜已深了，他要睡一会儿。当他躺在办公室那张伴他度过了 2000 多个夜晚的床上时，感觉自己已经了无遗憾。

那个已然远去的康巴汉子

2012年8月28日早上，玉树八一医院的开业典礼如期举行。

典礼主席台设在医院医疗综合大楼门前的台阶上，才仁松保穿着一身崭新的藏袍站在主席台左侧靠车道的斜坡上。很多人都没有见过他身着藏袍的样子，觉得很新鲜。他旁边站的是副县长尕玛才仁，就在昨天晚上，才仁松保对他说，他原来想，在今天的开业典礼上要穿西装，那样显得很正规，可是，现在他太瘦了，以前的西装都穿不成了，得穿藏袍。

仪式开始时间不长，可能只进行了不到20分钟，才仁松保就在尕玛才仁的耳边悄悄问，他实在站不住了，能不能在旁边坐一会儿？尕玛才仁说，你坐吧，一会儿轮到你讲话时，我再叫你。

他就坐到身后的水泥台子上。坐了一会儿，他感觉自己连坐着都很吃力，就担心一会儿还能不能站起来。“不知道从哪儿来的力气，那天等他致答谢辞的时候，已经显得很精神了。”尕玛才仁回想着当时的情景说。

开业典礼之后，他主动提出来，说要请假去看看病。半年以前，玉树县委书记吴德军在一次全县的干部大会上就曾讲过这样的话，现在是玉树灾后重建的关键时期，所有干部都不得请假，只有一个人例外，这个人就是才仁松保。

几乎所有人都知道，才仁松保早就应该请假去看病，可是，他一拖再拖。现在，他主动提出要去看病，大家都觉得这是一件好事，就即可安排。

玉树地震后，这是他第二次出去看病。

第一次出去，是在 2012 年 5 月，当时，他再次晕厥，不省人事。抢救过他的医护人员回忆说，那个时候，他腿上的脉管炎已经非常严重，两条腿全部青紫浮肿。胃部明显能够摸到的那个硬块好像越来越大了。不能再拖延了，医院强行将他送到青海大学附属医院进行抢救。

经查，尽管他患有多种疾病，而且，都可以说是重症，但最顽固、最危险和紧迫的是糖尿病及其并发症。在这家医院里，有专家推荐说，对这种病，现在有一种新的治疗方法，通过在胃部施行一种传流手术，把大半的胃“捆扎”起来不用，直接把小肠接到喷门上，控制胃部进食，进而达到肠胃吻合的效果，以减轻和缓解病痛。

青海五家对口帮扶八一医院的省级医院的领导和专家们都在为抢救才仁松保的生命竭尽全力，通过他们的努力和援建部队的安排协调，才仁松保很快被转到国内率先开展此项手术的北京武警总医院进行手术。据武警总医院的专家介绍，才仁松保的手术非常成功。鉴于这是一次大手术，并考虑到才仁松保当下非常糟糕的健康状况，他们建议，才仁松保不要急于出院，先在医院进行一段时间的恢复性观察治疗，然后，可以暂时回到西宁休养。至少半年之内不能回到玉树，更不能再从事繁重的工作，否则，随时都会有生命危险。

此外，他患有多年的那些疾病也有越来越严重的迹象。因为过度劳累，诱发了急性心内膜下心肌梗塞，血糖极不稳定，最高达到25mmoi/L。医生曾不止一次地郑重提醒，因为肌体严重缺氧，心血管情况非常不好，引发丘脑梗塞、心肌梗塞的几率很大，严重时可能会随时导致猝死。

如果他只是一个普通的病人，我们也许会说，他对这些疾病的危害程度缺乏应有的重视。可他是一名医生，一名曾长期在高寒地区工作，并一直与这些高原性疾病进行殊死抗争，用生命守护生命的医生，他非常清楚，这些疾病对一个人会意味着什么。

可是，医院灾后重建工程正处在紧要关头，以才仁松保的脾气秉性，他不可能躺在医院里等上那么长时间。手术后，先后不到20天时间，他就火急火燎地赶回了玉树，投入到紧张的工作中。因为各种疾病，加上已经非常脆弱的自身修复功能的缘故，那时，他的伤口都还没有完全愈合。

看见他回来了，人们都来关切地询问时，他都说，手术非常成功，几乎已经完全好了。可以继续和你们并肩战斗了。

可是，没过多长时间，他的健康状况急转直下，不仅各种病情急剧加重，而且，越来越无法进食，到后来，就连流食也咽不下去了。而这时，医院的重建工程却在一天天接近尾声。先是所有土建工程提前完工，几栋大楼顺利封顶，而后很快，内部装修也全部告竣，各种此前连做梦都没有见过的现代化医疗设备也陆续运抵到位

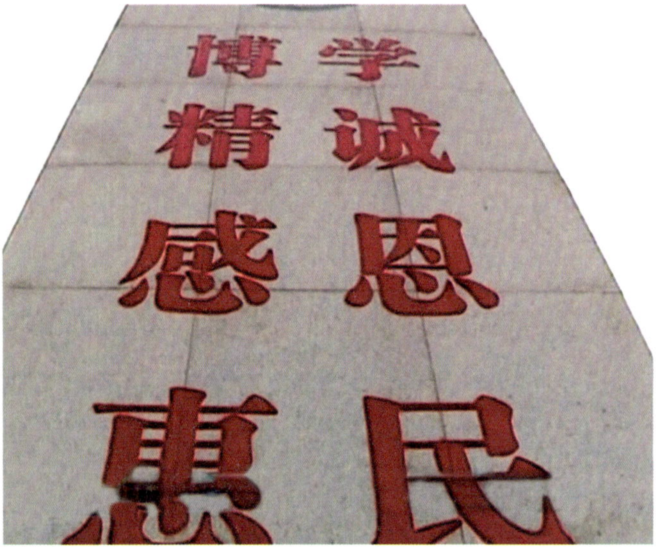

才仁松保留下来的院训（视频截图）

……医院开业的日子已经临近……

他为此兴奋、激动得有些难以自持。医院现在所有的一切，比他梦想中的样子还要先进和完美。如果不是身体的缘故，他都快要手舞足蹈了。

现在，医院所有的重建工程都已经画上了完美的句号。就差把他亲自拟定的院训挂在医院各个显眼的地方了。再没有什么放心不下的事了，他终于可以安心地去看看病了。后来，他虽然没有亲眼看到，但是，“博学、精诚、感恩、惠民”的院训已经像一面面旗帜在医院里到处飘扬。

虽然，对医院、对患者、对玉树，他已经没有什么可遗憾的事了，但是，对父母、对妻子儿女、对家庭和亲人，他还有很多亏欠。他希望自己还能多活些日子，那样，对他们就可以有所弥补。

多少年来，他为了医院和那些贫困的患者，一直没能很好地照顾到年迈的父母。两个慈祥的老人不但没有任何怨言，而且还经常为他担心操劳。以前，他每次跟父亲谈起医院的发展和建设时，父亲总是为他劳心费神，并一再叮咛，说虽然你做的都是天大的好事，但一个人的力量是有限的，对得起天地良心就好，别把所有的事情都硬往自己肩上扛，你扛不住的。

1月4日下午，我到扎西达通那个重灾区，去看望才仁松保的父母。他们已经住进新建的房子里。他79岁的老父亲正在火炉上烙饼，76岁的老母亲正坐在窗户跟前的一张旧沙发上。坐下之后，还没说话，他那白发苍苍的老父亲就开始抹眼泪。然后，直直地看着我说道："他的离去，对国家、对玉树可能算不上什么损失，但对我们两个老人来说，这损失太大了。"

妻子秋永文毛，一个善良的女人，为了支持他的事业，提早结束了自己的职业生涯，只身在家照顾几个孩子，受尽了寂苦和委屈。这些他都知道，他怎么能不知道呢？

两个女儿，大女儿已经读到大学四年级了，是个非常优秀的孩子，会有出息的，不会有事。小女儿已经上高三了，成绩优异，也不会有太大的事情。他最为担心的是上高三的儿子——男孩子可能更需要父亲的管教——因为他没有很好地尽到做父亲的责任，儿子的学习成绩不理想。

他想，这次看完病回来之后，一定得多陪陪孩子们。

第二次去看病，离开玉树时，已经是2012年9月2日了。

他去的还是武警总医院。医院组织了全院最好的专家给他会诊，结论是，因为第一次手术后没有得到很好的修养、治疗和恢复，已经造成严重的后果，最好还是再做一次手术，但因身体状况太差，手术条件不成熟。他就又回到西宁的家中休息观察。

他走后的头几天里，几乎每天都给医院打电话，询问医院的情况。后来，有一两天都没有他的电话。副院长尼玛担心他的病情，就给他打电话，问："你现在的病情怎么样?"

"这次我病得好像真的不轻。"他就说了这一句话，然后，停了好一阵子，都没有他的声音。

尼玛说："听他说话的声音好像没有一点力气。他从来没有说过这样的话。我一听，就感觉到情况非常严重。"

第二天，尼玛跟医院其他领导一商量，立刻派两个人迅速赶往西宁，并再三叮嘱："无论采取什么办法，一定要让才院长尽快住院治疗，不能再在家里耽搁了。"

当副院长尕才仁和财务后勤科主任尕杰赶到他家时，他们看到的才仁松保像是换了个人，都快认不出来了。很快，他被送进省第五医院住院治疗。在八一医院挂职帮扶的第五医院副院长刘洪泽也火速赶回西宁，专门协调安排才仁松保的进一步治疗事宜。经省上各大医院专家会诊，他被再次紧急送往武警总医院抢救治疗。

他的第二次手术时间定在 10 月 24 日。

得知手术时间已经确定的消息，尼玛副院长也火速带人赶往北京看望。25 日早上的航班已经没有票了，他们乘坐下午的航班离开玉树，然后，在西宁转乘飞往北京的航班。

可是，他们没能飞到北京，在西宁，刚一下飞机就得到不幸的消息：才仁松保院长因抢救无效，已于 25 日下午在北京去世。武警总医院派人护送才仁松保遗体的专车已经连夜往回赶了。

他们和才仁松保都在路上。他们赶去看望时，才仁松保却已经踏上了回家的路。

武警总医院最终给出的结论是，才仁松保的真正的死因不是糖尿病，而是肝脏上一个快速增长的恶性肿瘤。原本是胃上的手术，可胸腔一打开，医生们都傻眼了，他们看到了那个肿瘤。一切都已经太晚了，已经无力回天了。

25 日午后，在北京。才仁松保也许已经感觉到自己将要离开这个世界了。

他对身边武警总医院的医生交代说，他戴在身上的那个治疗糖尿病的泵，以后就用不着了。那是北京军区方舱医院特意赠送给他的，他现在要把它留给武警总医院，让医院把它转赠给更需要它的人。

事后，那个医生含着泪对才仁松保的弟弟才仁扎西说：“你哥哥是个大好人！他是给活活累死的。以后，我就是你哥哥了，无论家里有任何事，都要给我说啊。”

是的，才仁松保已经在路上了。他要回家了，回到他一生热爱的故乡——玉树草原上了。从此以后，他哪里都不去了，他要好好睡一觉了。

消息传开。25 日、26 日、27 日，青海省委、省政府主要领导通过各种方式向才仁松保和他的家人转达他们的敬意和问候。所有在西宁的玉树人、青海各大医院的医护人员代表、各界爱心人士都在西宁等候他的归来。

27 日夜里 10 点多，在玉树通天河大桥边，一些人已经早早等候在那里。

从晚上 9 点 30 分开始，八一医院一些轮休的医护人员就自发地开着自己的车往通天河边走。一直到 28 日凌晨一点多，还有人赶往通天河谷地，他们都是前来迎接才仁松保归来的队伍。这支队伍越来越庞大，有的捧着蜡烛，有的举着手电筒，有的捧着哈达，在凛冽的寒风中，静静立于通天河谷地，肃穆，静默。

等候一个回家的孩子。

凌晨 1 点 40 分，载着英灵遗体的车队缓缓驶入人群……

凌晨 2 点 40 分，护送才仁松保英灵的车队经过结古当代路，大路两旁警灯闪烁，上百名玉树公安干警立于路旁庄严敬礼，迎接他的归来。

归去来兮。魂兮归来。

1 月 3 日下午，我抵达玉树。我直接住到八一医院五楼的一间病房里，进行采访。每天，从早晨一直到深夜，我一次次从那楼道里走过，一次次上楼下楼时，我仿佛看见才仁松保宽厚的身影还在那里忙碌。八一医院里的很多人都有和我一样的感觉。

“很多时候，我都感觉，他还在，根本没有离开过。好像还在这里走动，我似乎还能听见他走动的脚步声。我眼前老是出现他鼻孔里插着输氧管、手上挂着点滴的样子。”八一医院检验科主任索南秋吉把这句话一连重复了好几遍。

从玉树回来之后的很多天里，我一直犹豫不决。我一再问自己，是否真的有必要去打扰秋永文毛那个善良的女人。我确信，作为才仁松保的妻子，此刻，她最需要的就是平静。但是，一个礼拜之后，我还是小心翼翼地给她打了个电话，问她，我能不能去看看她。得到她的允许之后，我才去了她家里。

果然。还没等我开口，秋永文毛就已经泣不成声了。我再次小心地说明了来意，但我几乎没有问任何问题。面对她那早已哭肿的双眼里还汩汩流淌的泪水，我无言以对。默默坐于一旁，听她哭泣着断断续续说出的每一个字时，我还担心远在玉树的才仁松保会不会听到。

他们的家住在西宁城南。秋永文毛告诉我，为了孩子们能在西宁上学，七八年前他们贷款买了这个房子。说那时候，城南的房子还便宜些，他们买不起城里面的房子。现在两个孩子都在城里面上学，坐公交车来去最快也得两个小时，中午回不来，他们自己在街上吃饭。

那天，我本来还想看看才仁松保的那些奖状。那些奖状原本放在才仁松保在医院的办公室里，我曾到他办公室看过，他的司机桑秋多杰告诉我，那些奖状已被秋永文毛带走了。但是，最终，我还是没忍心提出这样一个要求。我从有关材料里看到，这些奖状里有一个是“全国五一劳动奖章”，还有“人民的好医生”和“优秀共产

党员”等。

那天，我还见到了他们在中南师大上学的大女儿更松拉吉。她在得知父亲二次手术消息的第一时间赶赴北京陪伴父亲，可是，当她赶到的时候，父亲已经离开了。这几年，每年的寒暑假，她都不顾父母亲的劝阻，执意前往玉树日夜陪伴、守护在父亲身边。

“他太苦了。我只是想在他身边多陪陪他。”更松拉吉一边给母亲擦眼泪，一边哽咽着说起这些往事时，我一直在低着头听，没敢抬眼看她。

那天，在去他们家的路上，我一直在想一件事情，一件很久以前发生的事情。那是一个很多人都知道的秘密，之所以说是秘密，是因为还有一个人不知道。如果才仁松保还在人世，说不定这个秘密终有一天会说破。可是，现在他已经走了，也就带走了这个秘密。于是，就留下了一个遗憾。他的离去，让那个一直生活在秘密里面的人永远失去了一个可以完成自我救赎的机会。

去他们家之前，我曾反复掂量，要不要跟秋永文毛谈起这件事。因为，我很清楚，如果我能将这个秘密说破，讲给所有的人听，它肯定会让才仁松保的故事更加感人。但是，我最终还是决定放弃了。我感觉，对一个人来说，有时候，保守一个秘密，要比说破一个秘密容易得多。保守一个秘密需要的只是时间，而说破一个秘密则需要勇气。就这件事情而言，因为才仁松保的离去，时间在某种程度上已经失去了意义。

才仁松保就这样走了。走远了。

我听说，才仁松保的葬礼是在文成公主庙附近的那个天葬台举行的，天葬台面向广袤的大草原，大草原之上蓝天浩荡。很多的玉树儿女就站在那山坡上，与才仁松保挥手告别。他们相信，对任何人来说，这都是一次悲壮的远行。

我曾不止一次去过那个地方。我每次去那个地方的时候，那里都没有进行中的葬礼。但是，我却看到了那些鹰，我曾在很多文字中都描写过那些天葬台上飞翔或在山坡上走来走去的鹰。也就在那个地方，我似乎明白了为什么那些不朽的交响乐章中总是会用一支进行曲来表现葬礼，仿佛那不是一次生命的结束，而是一次生命的凯旋，那是因为生命一直在行进的过程当中，从不曾停顿。

此刻，才仁松保已经走远。他所有的梦想与荣耀、所有的纠结与挣扎都已随鹰的翅膀远去。我想，已经不在人世的才仁松保此刻肯定也在行进当中，只是离我们的视线越来越远。我确信，很久以后，很多人还会望见这个康巴汉子已然远去的背影。

有爱同行
生活如歌

江河礼赞
温暖长存

山花烂漫时
芬芳忆英魂